愛上你的每個瞬間

恬緣　著

推薦序／語風

大家好，我是語風。

在收到恬緣邀請我撰寫推薦序的時候真的很驚喜，很感謝能有這個機會第一次為人撰寫推薦序，也順道來恭喜一下《愛上你的每個瞬間》出版啦！

當初對這個故事的第一印象來自書名，給我的感覺便是一個甜甜的戀愛故事，果然在看完整個故事後，不但沒有顛覆我的想法，實際上還是一個更為精彩的作品。

這不只是個單純的戀愛故事，更是個關於追逐夢想的故事。

女主角白湘菓是個懶女孩，不僅生活白癡，體力也不好，不過這樣的她，卻願意為了自己感興趣的舞蹈而付出努力，在天賦的加持下，成為一個璀璨的明日之星。我認為這樣的湘菓非常閃亮耀眼，相信她也是許多正在追夢的人的寫照，看著她一路的努力，縱然遇到困難也不放棄，直到迎來甜美的收穫，最後我都成了她的親媽粉，感到非常的滿足。

至於男主角殷楀枂，看著他對於湘菓的寵溺，對於她夢想的支持，真的會讓人少女心爆棚，希望世界也能賜給我一個這樣的小竹馬！

不過在看似完美的人設下，其實楀枂也有著自己的秘密，這也是我非常有共鳴的地方，誰都不曉得他人在微笑背後有著怎樣的情緒，也或許因為別人對於自己的期望，導致自己逐漸脫離了最初的自己，只為了迎合大家理想中的那個樣子。

除了主角的設定以外，恬緣在劇情的部分也下了很多功夫，無論是對於社團鬥爭的描寫，或者關於校內的舞蹈表演，都非常貼近真實的高中生活。

希望在看了故事後的你們，都能得到那份勇於追逐夢想的熱情，並且在這個故事裡頭，感受到那份屬於湘菓、楀杋以及其他角色所交織出的青春。

推薦序／寒希

一開始看《愛上你的每個瞬間》這本書時，就被書名深深吸引，再仔細閱讀後，發現裡面的角色名幾乎圍繞著食物，這種可愛的取名方式也讓這個故事變得輕鬆。

故事中男主的存在有點像是女主青春中的一道暖陽，陪她度過許多難關，陪著她成長。《愛上你的每個瞬間》較平平淡淡，更多的是勵志與樸實的浪漫，能讓人在那些瑣碎的日常中感到溫馨。

誰說一個故事中一定要有華麗的場景或是轟轟烈烈的戀愛？反而藏在生活日常中的溫柔才令人念念不忘。

目次

楔子

一名有著頤長身形，臉上仍稚氣未脫的少年自黑色轎車走出，仰頭望著眼前的米色建築。見二樓的房間窗戶被窗簾緊掩著，看不到裡頭動靜的他，輕輕笑了，旋身將身後的行李提起，走進另一間嶄新的屋裡。

「兒子啊，你等會上樓整理完後，就拿這些過去給湘菓，記得啊。」殷母丟了幾包料理包跟泡麵到餐桌，朝欲上樓的殷楀枫喊道。

聞言，他停下腳步，瞥了眼桌上的食物，淡淡地說：「妳拿那個做什麼？她也不會用。」

「拜託，那箇箇單單的東西湘菓怎麼可能不會？」殷母沒好氣地白他一眼，「況且，你就會用那些了？」

「她就是不會，妳忘了她生活能力等於零嗎？」

殷楀枫對殷母的理所當然有些無語，顯然她是忘了白湘菓是個生活白癡了，才會想拿一些需要烹調的料理包給她。

「我等等拿過去給她。」允諾殷母的要求後，殷楀枫重啟腳步上樓，嘀咕了聲：「我早就學會煮飯那些了好嗎……真不懂媽在想什麼。」

提著一袋袋的行李放到床邊，殷楀枫把袋裡的衣服褲全部收進擦拭乾淨的衣櫃，又將其餘雜物擺至該在的地方。

不久，見房間被打理的井井有條，他走到窗邊一把拉開窗簾，清晨的微微光亮隨即傾落在地板。

窗戶對著的是白家的二樓，也就是白湘菓所在的房間。他定睛一看，從窗簾未掩蓋的一角看到房間裡頭仍是灰暗的，微勾起唇。

看來她，還在睡呢。

殷母匆忙地再度打開大門，離開前不忘揚聲喊道：「兒子，我先跟你爸回去載弟弟和剩下的東西過來啊，你趕緊把東西拿去，順便看看湘菓起來了沒。」

殷楀杋應了聲，隨後也下樓往白家走去。

用白母事先準備好的鑰匙打開門，將客廳的窗簾拉開，讓外頭些許光線透進室內，殷楀杋才把手上的料理包拿到廚房的櫃子。

瞥見一旁陽台的地上有一水盆，裡頭浸泡著幾件衣物，他又好奇地推開紗門，這才看清原來是白湘菓的衣服。

他略微抬首，發現晾衣服的橫桿高度有些高，頓時會心一笑。

他想，白湘菓大概是不會用洗衣機，乾脆親自動手洗，杆子的高度又過高，索性放棄，把衣服擱在水盆吧。

可明明一旁有椅子可以站上去啊。

低笑幾聲，殷樼杋這下知曉為何白母特別囑咐他多照應白湘菓了。

第一章

見眼前的人兒了無生氣地趴在桌上，殷楀枂眉眼間含著笑，手戳了戳白湘菓圓潤的臉頰。

雖然早已見怪不怪白湘菓慵懶嗜睡的模樣了，但看她睡覺仍是他的一個日常小確幸。

自從前陣子白湘菓加入學校的熱舞社後，他好像就很常見到她疲倦的模樣。

白湘菓會入熱舞社也是挺意外的，至少他沒想過。

起初她只是因被班上推派要在校慶時上台表演，沒想到卻在表演後被熱舞社的人看中她的天賦，欲拉她進社。

他們這所國中的社團常會參加各項比賽，熱舞社也是其一，因此社團不收沒實力、沒跳舞經驗的學生。

這讓白湘菓很驚訝，她從未學過舞，運動方面也不擅長，怎麼可能會有天賦呢？

她一度認為熱舞社是為了招生才用這種說詞的。

不過，閒來無事的她，仍抱著一試的心到社團練習。

她第一次進社練習時，老師在教完一段將近一分鐘的動作後，便指名讓她上來驗收。

正當其他人都持著看好戲的心態等著她出糗時，她神色自若地步上台，擺出姿勢預備。音樂一下，她隨著旋律舞動，每個動作雖稱不上熟練，可卻相當連貫，絲毫沒忘記任何一個部分。

於是她被老師稱讚了，「我沒見過幾個剛學舞就能記這麼快速的，雖然妳的動作因為初次學還不是很熟悉，但妳的舞感很好，這是天生的，後天很難練出來。」

白湘菓有點受寵若驚，她從不知道自己竟有這樣的能力，更沒想到是如此出色。

經過幾次練習後，白湘菓漸漸對跳舞產生興趣，隨後便決定入社了。

可雖然天生的能力加上她因興趣使然的努力，使她的舞技突飛猛進，已能夠和其他舊社員一同表演了，但還是有點吃不消。

因為她的體能著實很差，每天放學後的留練經常使她回家倒頭就睡，再次醒來已是深夜了，漱洗完根本沒有時間讀學校功課。

日復一日的惡性循環，這下不只白湘菓自己意識到事情的嚴重性，生活在身邊的殷楀枫也察覺了。

但他不打算特別說，除了她可能也給不出個建設性的辦法，他也捨不得白湘菓為此糾結。好不容易白湘菓找到了擅長的事物，並全心全意拼搏了，殷楀枫實在不忍在此時提及這事。

白湘菓的父母在國二暑假時，便開始因工作緣故長期在外出差，除了預留了生活費給她，以及偶爾會打電話關心，並沒有常回來家裡。

有時半個月回來一次，有幾次甚至到一個月，白湘菓已經不曉得她上次見到父母是何時了。

更巧的是，白湘菓的哥哥，白沐爾，今年剛好要去外縣市就讀大學，也無暇顧及她。

白湘菓對此不坑一聲，即便每天回到家都是冷清清的，她仍很慶幸了。

因為殷家剛好搬過來自家對面，殷母也答應了白父白母會幫忙照顧白湘葉，所以她在三餐上有他們家的照料。

不過，與家人相處就如同朋友般的白湘葉，頓時失去了三個談話對象，她變得不太愛說話，也依賴起殷楀枫。

因父母彼此是摯友，他們從小便玩在一塊，感情還不錯。但實際上，是從國二上他們才逐漸熟絡，會交流彼此的生活，偶爾也談談心。

可白湘葉平時依舊無事可做，除了讀書和與殷楀枫膩在一塊，她真不知道自己還能做些什麼。

所以，白湘葉能發覺自己對跳舞的興趣，生活不再無趣平板，殷楀枫很替她高興。

可他也同樣擔心，再一些時日，距離便不到一年的會考，若練舞會影響到課業，這實在不是個好現象。

思及此，殷楀枫微蹙起眉心，戳著白湘葉臉頰的手稍施了點力。

睡得很沉的白湘葉沒有半分被吵醒的跡象，只是嘟囔了聲，頭往旁邊移了些，想離那隻干擾她睡覺的手遠點。

見狀，殷楀枫唇角笑意加深，眉宇瞬間抒展開來，戲弄般地又戳了幾下。

「喂。」這下換白湘葉皺起柳眉，不滿地咋舌，輕輕拍開殷楀枫的手。

殷楀枫湊近她，低聲碎唸著：「還睡，都要吃飯了。」

白湘菓換了個姿勢，將臉整個埋進交叉的手臂間，「哪有，阿姨又還沒叫我們吃飯。」

「快了啊，她等等看到我們沒到餐桌上坐好，又要唸我了。」殷檇杋看著殷母忙進忙出的身影，轉過頭朝白湘菓的頭頂沉聲說道：「白湘菓，給、我、起、床。」

聽殷檇杋突變的語氣，還喊著全名，白湘菓瑟縮了下，怯懦地開口：「……讓我睡一下，好嗎？」

「不好。」

白湘菓嘆息，抬起頭，瞇起的眼睛迷濛地看著殷檇杋，小手覆上他的手背，輕輕撫著，「對不起啦，我也不想這樣。可是我真的好累噢……」

她因剛睡醒而軟軟的嗓音，不禁觸動著殷檇杋的心頭。

他看著她交疊的雙手，漾起淺笑。

他挺喜歡的。

§

白湘菓手裡握著湯匙，攪和著咖哩飯，口中塞滿飯慢慢地咀嚼，雙眼無神地盯著盤裡被她弄亂的食物。

見狀，殷檇杋嘆息。他都吃完十分鐘了，吃得慢的殷母也已經在收拾碗盤了，白湘菓卻還有一半的飯菜。嘴巴似乎沒什麼在動，頭還若有似無地點著，一副身心分離的狀態。

起初他看到白湘菓這模樣，他除了驚訝之餘還有點敬佩，邊睡邊吃應該只有她能做到吧？現在他只覺得，她如果有天是精神飽滿地完食，那絕對是他看錯了。

一個字形容白湘菓，懶。

殷母洗完碗盤，擦乾雙手，朝他倆走來，「那孩子又在睡啦？」

殷楀枫無奈地笑了笑，「嗯。」

「你把湘菓叫醒讓她把飯吃完，我要去運動了，你記得把她的碗洗一洗再帶她回去啊！」殷母穿上薄外套，拿起鑰匙，回頭不忘吩咐：「喔對了，等會你爸回來，跟他說電鍋有留他的晚餐。」

「好。」他乖巧地應了聲，目送殷母步出家門。

殷家對白湘菓嗜睡和懶散的模樣早已見怪不怪，就像是吃三餐一樣稀鬆平常的事。

殷楀枫站起身到白湘菓身旁，搖了搖她已經趴在桌上的身子，「懶懶，起來了，妳飯還沒吃完。」

才剛跟桌子融為一體的白湘菓有些不滿地嚶嚶出聲，「嗚……為什麼不讓我睡？」

殷楀枫將早已想好的答覆一一數著，「妳還沒吃完、還沒回家、還沒洗澡、還沒讀書……」

「好好好，我知道，你真的很囉嗦欸。」白湘菓聽著殷楀枫不留情面的話頓時清醒，沒好氣地打了他手臂。

他無語地瞇起眼，「……是妳讓人想囉唆。」

她看他瞇成一線的眼睛，透著幾分危險，便識相的閉上嘴，乖乖吃起飯。

明明殷槅杋在人前都挺溫和的，渾身散發著天使光環般，毫無殺傷力，好似盯著他好看的眼睛心神就會被治癒。

但白湘菓知道，真實的他是不會帶著這樣表情的。

不過這也讓她挺沾沾自喜的，這意謂著他們的交情很深。

白湘菓心中洋溢著喜悅，吃飯的速度快了些，很快就將盤子淨空，把碗盤遞給殷槅杋。

殷槅杋將她自然的動作，挑起一邊眉宇，「很順手？妳不會洗碗嗎？」

「會啊，但洗不乾淨。」她吐了吐舌。

他還真拿她沒轍。

搬到白家對面近半年，因白湘菓近乎全無的生活能力，使殷槅杋不知不覺學會了一些基本家務。

洗碗、洗衣、煮飯……等等他以前不太會甚至完全沒接觸過的事務，對現在的他而言，就如呼吸般習以為常，難不倒他了。

可這也讓他成了個「很會照顧人」的人，白湘菓不但沒因為自己生活而變得獨立，反而愈來愈依賴殷槅杋了。

這讓他的心情有些難以言喻。

不是厭煩，卻也稱不上喜歡。

大概是習慣吧。

將所有盤子洗淨後放進烘碗機，又留了張便條紙提醒殷父電鍋裡的飯菜，殷檮枂便拉著白湘菓走到白家了。

他熟門熟路地打開每個室內燈，陰暗的客廳頓時明亮許多，怕黑的白湘菓提起的心也稍稍放下，轉頭朝他說道：「那今天就這樣吧，掰掰。」

他拉下她舉著的手，這已經不知道是他今天第幾次對人生感到懷疑了，「掰妳個頭，妳忘了妳叫我從今天開始每晚陪妳讀書嗎？」

聞言，她恍然地眨了眨眼，「……還真的忘了有這回事。」

「唉，算了。」他深吸了口氣，擺了擺手，「妳看妳要先洗澡還是直接讀書，快。」

「唔，我先……讀書好了。」

語畢，殷檮枂乾脆地再度拉起白湘菓，直往二樓房間走去。

要是再讓她慢慢來，等到他們坐下來認真讀書都不知道是何時了。

推開米色房門，映入眼簾的是些微凌亂的書桌和床，上頭擺滿參差不齊的書本和衣服。

殷檮枂無感地逕自將書本整理成疊放好，以及摺好床上的衣服並收進衣櫃裡頭，才到大書桌前坐下。

不大不小的空間盈滿一股淡淡的果香，那是白湘菓身上獨有的味道，酸酸甜甜的，他聞起來挺舒服的。

「趕緊坐下讀書吧，不然妳等下又累了。」見白湘菓還愣在原地，他出聲提醒。

「噢。」

他們拿出書本，各自研讀著。

一開始白湘菓都會特別帶勁地振筆疾書，但到中間便會有些體力不支，撐著頭打盹起來。因為已經不是第一次和白湘菓一同讀書，殷槅杋十分了解她的讀書狀態，但今天似乎有點不同，她比平時看上去疲累許多。

她基本上都是到很後面時才會出現這種倦容，可今天還不到一半便負荷不了了。

殷槅杋皺起眉，思索著今天白湘菓做了何事才會如此疲憊不堪。

半晌，他總算得到答案，手中轉著的筆也隨之掉落，發出不小的聲響。

他今天午休路過舞蹈教室時，似乎有看到白湘菓獨自一人在裡頭勤奮練習的身影。放學時，他因處理公事多留了會，也有看見她與社員在穿堂練舞。

她今天練了兩次，所以才會這麼累嗎？

殷槅杋看向白湘菓一手伸直趴著，沉甸甸的頭靠在上頭，眼皮都已經快闔上了還握著筆。

她這樣子下去不是辦法。

他得想個辦法，讓白湘菓不佳的體力變好些，不然每日的練習常影響到晚上的溫書，不太樂觀。

可他該怎麼做啊……

知道此時叫醒白湘菓並沒有實際效用，可能還會造成反效果，殷樢枳脫掉身上的外套披到她肩頭，再將房間的大燈關掉，索性讓她安穩地睡一會。

房內頓時只剩一盞檯燈，他又將燈源轉向他面前的書，確認不會照到白湘菓的臉後，才繼續完成今日的課業進度。

§

把自己的部分寫得差不多了，他輕輕地拿起白湘菓的課本，將她上課因打瞌睡而未抄到的筆記一字不漏地補上去。

不過，她漏掉的部分還挺多的，他花了不少時間在上頭。總算是寫完最後一行筆記時，他抬眼便看見她雙手托著腮，定定地望著自己。

他心顫了一下，「……怎麼了？」

白湘菓搖搖頭，含笑說道：「謝謝。」

「沒什麼，怕妳沒時間抄，順手而已。」他闔上書遞給她，注意到她仍有點迷離的眼神，關心道：「睡飽了嗎？」

她難為情地抓著髮尾，「好多了。抱歉啊，沒想到第一天讀書就這麼累……」

「妳看起來比平常還累，應該不是感冒吧？」他伸長手，撫上她的額，掌心傳來的溫度並無差距，「沒發燒。」

她聳肩，「我沒事啦，可能是因為我今天中午練，放學也——」
他打住她未說完的話，輕喚了聲：「懶懶。」
她疑惑地偏頭，「什麼？」
「妳想讀哪間高中？」殷槁枫一鼓作氣，把纏繞心緒許久的問題拋出。
他真的很好奇白湘菓想讀什麼學校，她的成績雖不及他，可卻也是中上，且這只是她隨性讀一讀的結果，若是多下點功夫，想必會更佳吧？
「我喔……」白湘菓欲言又止，輕咬著粉唇，小聲地說：「我是想跟你讀同一間啦……雖然我知道很難。」
聞言，殷槁枫嘴角有些失守，他沒料到是這麼滿意的答覆。
「不難，雖然還沒開始模擬考，但以妳現在的成績，是沒辦法沒錯，可是若再認真一些，妳第二志願是沒問題的。」
「第二志願，你說苑杏嗎？」
「沒錯。」
她神情難掩失望，「可那還不是跟你不同間嗎……你一定上第一的啊。」
「這不一定，第一志願沒這麼好考，我要是沒考好或今年標準提高，我也是有機率沒上的。」
她苦著一張臉，頭搖得更用力了，「可是苑杏也很難考啊……我現在覺得沒什麼讀書動力，真的好累喔。」

殷楀枫起身走到白湘菓身側，高眺的身子使坐著的她需仰頭的有些吃力，隨即又低下頭，可憐兮兮的模樣使他不忍將心中的話說出，只是輕輕嘆息，揉亂了她的瀏海，「妳先去洗澡吧，等等還要洗衣服。我趁妳洗澡的時候想想辦法吧。」

「好啦。」

白湘菓到衣櫃前隨手拿了幾件寬版的衣服褲，便到外頭的浴室洗澡了。

看見白湘菓拿的衣服款式，殷楀枫的眼睛一亮，腦中頓時迸出想法。

白湘菓的身材是屬於微肉的，不過她只胖大腿，上半身還挺纖細，因此穿著上總是寬鬆舒適居多，在學校時也都穿著外套和長褲，無論春夏秋冬。

每當殷楀枫勸她去買短褲穿、把外套脫了，不要悶著了，她總是說自己不怕熱，但他其實曉得是她缺乏的自信心在作祟罷了。

她加入熱舞社，除了興趣外，她也想藉此控管自己身材。

既然如此……

這時，白湘菓頭包著毛巾從浴室走出，全身散發著與房間相同的果香，坐到床上擦拭著濕漉漉的頭髮。

殷楀枫怔怔地看著她，「妳洗好快，不到十分鐘欸。」

「還好，我只是怕我在浴室裡面睡著。」

他無語地搖頭，開啟另一個話題，「我剛想到辦法了。」

「什麼辦法？」

「從明天開始，妳每天去跑步練體力。」他在白紙上寫了幾行字，又畫了幾條線，「我幫妳算好練習進度了，妳先從跑操場三圈？還是五圈？開始好了。」

「跑步嗎？可以啊。」她感興趣地點點頭，隨後不好意思地笑了笑，「學校的操場，我跑兩圈就不行了……」

他們學校的操場比普通國中大上許多，別間是一圈兩百公尺，他們是三百，雖然還是和正規四百公尺的差了一百公尺，但她跑起來還是感受得到些微吃不消。

但這對殷樠杋都是小事一樁，不足為提。

他了解地點頭，又在紙上多畫了一個圈，「那就從三圈開始吧，再來就是五圈、八圈……」

這數字聽得她都懵了，她覺得她還沒練到一定程度的體力前，她應該會先累死在操場上。

他從白湘菓表情豐富的臉上讀懂她的心思，安撫似地說：「放心，我在旁陪著，妳不會有事的。」

他這麼一說，她緊張的情緒不但沒有被撫平，反倒更慌了。

她怎麼覺得，不太妙啊？

殷樠杋沒打算理呆住的白湘菓，逕自將她丟在洗衣籃的髒衣服拿下樓了。

把所有衣服分類好裝進洗衣袋，倒了些許的洗衣精後蓋上蓋子，他步出陽台，白湘菓已捧著他厚厚一疊的書，倚著牆等候了。

從她手上接過書後，他打開大門，在離開白家前被她叫住：「杋。」

他移動的雙腿停下，僵硬地轉過身，只見她鮮少露出的笑眼彎成了迷人的弧度，嗓音輕輕柔柔地，說：「謝謝你呀，這麼照顧我。」

「……不會。」他勉強從乾啞的喉嚨吐出兩個字。

她站到較高的階梯上，小手伸直，摸了摸他的頭，「好啦，你快點過去，晚安。」

「嗯，晚安。」

走回自家後，關上大門，殷楀杋背靠著門，腦中盡是白湘菓如新月般彎的眼睛，還有頭上似乎還殘留著的溫度。

她很少笑，因為她覺得有表情是很累人的事，所以任何情緒都不會在她身上看到。

也正因為如此，她每次笑逐眼開的模樣，總會讓他看得發愣。

思及此，他微微勾起唇。

§

翌日，天還濛濛亮，殷楀杋便已梳理完整，站在白家樓下等候。

利用假日早晨跑步的好處是沒什麼太陽，壞處就是，現下是冬天，雖然高雄可說是沒有四季之分，往年都是暖冬，可寒流來襲時還是挺冷的。

他穿上了較厚的運動長袖上衣和長褲，在毫無遮蔽的巷弄裡被寒風吹拂著，單薄的身子不自覺瑟瑟發抖。

「早安。」白湘菓關上門，徐徐朝他走來，從室內轉換到外頭的溫差使她倏地一縮，「好冷。你在這裡等那麼久，不冷嗎？」

「還好。」他佯裝神色自若地站直身軀，從包裡拿出預先準備好的厚外套隨意披到她肩上，她的瀏海頓時被衣服給弄亂。

「齁，幹嘛啦。」她不滿地嘟囔著，拍掉勾到髮絲的外套。

見狀，殷楀杋身手矯健地撈回正朝地面落去的外套，無奈地笑道：「鬧妳的。穿著，我早就知道妳一定沒看天氣就穿衣服，所以多帶了。」

「這麼好？」白湘菓伸手接過，狐疑地問：「我怎麼覺得你把我當孩子在養啊？」

「噗哧。」他忍俊不禁，拍了下她的頭，「瞎想什麼。」

「就真的很像啊。」她怕他反駁似的，趕忙數著手指列舉，「幫我做一堆家事，陪我讀書，陪我上下學……」

「知道我做很多就好，不用特地講。」他有些彆扭地制止她，轉而輕推了背催促她往前走：「快走吧。」

在殷楀杋的半推半拉下，他們倆總算來到學校操場。假日的清晨沒什麼人，只有零星幾個社區居民在旁伸展筋骨，跑道上空無一人。

到一旁的長椅上把隨身物品卸下後，走到起跑線前，白湘菓望著前方發愣著。

「在想什麼？」

她眼神微微失焦，滿滿的不自信和膽怯在心頭盤踞，「……我在想我跑不跑得完。」

「今天第一次，先不要跑那麼多，三圈就好。」他邊輕描淡寫地說著，邊為待會的跑步熱身。

「哪有你說得這麼簡單，我第二圈就不太行了。」

「不太行，代表還有空間可以拼過去，不是嗎？」他無視瞪著自己的那雙眼睛，逕自拉著她又往前了些，「別說這麼多了，開始吧。」

此刻的殷樢杋對白湘菓儼然就是個嚴苛的教練，分明眉宇間透著溫和，渾身卻散溢危險的氣息。

她只好欲哭無淚地束緊馬尾，認分地就位。

「妳好了就跑吧，慢慢跑就行。」

白湘菓頷首，跨出步伐，殷樢杋則緊跟在後。

輕輕鬆鬆跑完第一圈，來到兩圈時，白湘菓便感受到大腿抬得有些吃力，迎面而來的冷風也像是與她作對似，使她身軀更為僵硬，吸入體內的空氣盡是刺痛的。

察覺到她速度明顯緩下，殷樢杋跑到她身側，原以為只是超出她平時的運動量罷了，不料低頭一看，卻是她刷白的臉，雙頰的紅暈褪去，嘴唇也毫無血色。

她低下頭，左手插著腰間，看上去每一步都很費力地跑著。

「妳怎麼了？」他察覺面前的人兒不對勁，按住她的背，試圖阻擋她繼續跑。

「沒什麼，就是覺得頭有點暈。」她稍稍抬起頭，對上他擔憂的神情，「……整個世界都在轉，好暈。」

聞言，殷楀杋也不管白湘菓想把剩下的部分跑完，強行走到她面前停下，她沒來得及煞住腳，便直直撞上他。

失去重心的她，索性額抵著他厚實的胸膛，舒緩一陣陣的暈眩感。

「妳之前也會這樣嗎？那每學期的八百公尺妳是怎麼過的？」他很是納悶。

「不會。」她搖了搖頭，「頂多跑到上氣不接下氣，然後腿很痠而已，頭暈倒是第一次。」

「那是怎麼一回事？」見她冒著冷汗，他微惱地說道：「妳在冒冷汗。」

「真的假的……我也不知道啊。」

他思索半晌，在腦中列出所有可能因素後，問：「妳該不會是沒吃早餐吧？」

「我沒吃好幾天了。」她頓了頓，「懶得去買，而且你那時候在樓下等，也沒時間了啊。」

「這不是理由。妳明明知道沒有早餐可以跟我說，我會多準備一份。」聽她將問題導向他，他一口否定她的說詞，面色一凜，「妳在減肥？」

怯怯地瞄了眼殷楀杋的表情，白湘菓乖巧地坦然說道：「……嗯。」

他嘆息，輕柔地撫上她的頭，低頭輕斥：「不是說不要用不健康的方式減肥嗎？」

「我沒有。」

「沒有？還敢狡辯。」他敲了她的頭一記，「節食不好，效果也不長久。」

「我想說搭配運動或許就會瘦下來了嘛。」

他實在拿她沒轍，「笨蛋，那也不能不吃早餐，這樣很容易暈倒。」

意識到自己做了蠢事，她羞窘地將整張臉埋住，「我不知道嘛……」

「算了，今天就先到這吧，回家吃早餐。」殷楀杋見白湘菓難得地倚在他身上，彼此靠得很近，不禁微抿起唇。

「對不起。」白湘菓仰眸，被壓得扁塌的瀏海使她更顯呆萌，軟嗓輕輕地說：「我是不是給你很多困擾啊？」

殷楀杋撥開她凌亂的髮絲，笑意漸深，溫聲道：「是啊，做什麼事都讓我擔心，大概也只有妳辦得到。」

他沒說錯，從生活到課業，白湘菓無不一處都能讓他操心，深怕她不會做、做不來，不論如何，他都想幫幫她。

然而他本並不是這樣個性的。

也不知道從何時開始，他對白湘菓的事愈來愈上心了。

第二章

繼那天之後，白湘菓每日都會提早到學校，和殷楀杋趁著早自習前的半小時到操場練跑。因為上次的教訓，她不敢再空腹運動，應該說，殷楀杋也不會讓同樣情況再發生，都會幫她多帶一份早餐。

經過幾個月密集的訓練，白湘菓的體力已經能夠負荷跑完五圈了，殷楀杋便將練習的次數縮減至一週兩到三次，視情況而定，畢竟現在她不會再因中午和放學練舞導致晚上沒精神了，這樣就足矣。

龐大的運動量使然，加上本就不大的食量，白湘菓瘦了一圈，從微肉的嬰兒肥頓時轉變為穠纖合度。

她的殺力使殷楀杋有些疑惑，能在幾個月內減掉四公斤，想必在身材控管上很嚴苛吧？

「懶懶，妳說妳現在幾公斤了？」殷楀杋看著坐在地上伸展的白湘菓，好奇地問道。

白湘菓貼著膝蓋的頭猛然抬起，長髮被甩得凌亂，但她毫不介意，甜甜地笑說：「四十七呀，嘻嘻，我瘦得比想像的還要多欸。」

「也太多。」他蹲到她面前，手輕掐住她還有點圓潤的臉頰肉，惋惜地說：「結果現在都不能玩妳的肉了，只剩臉還有點圓。」

「喂，這你應該要替我開心才對吧？」她語氣帶著幾分不滿，但仍是一副慵懶隨性的模樣。

他無奈地笑了，扯了扯軟軟的粉頰，「好好好，我很開心。」才怪，他比較喜歡肉肉的白湘菓，多可愛啊。

她雙手交叉抱住收攏的大腿，一雙杏眼晶亮亮的，「這樣才對。我跟你說，我會這麼有衝勁地想趕快減肥，除了因為這樣跳舞比較好看之外，主要是因為什麼你知道嗎？」

他想都沒想地聳肩，「不知道。」

「我猜應該是湘菓姊喜歡的那個模特影響的吧？」一道稚嫩的嗓音自後頭響起，有著一張娃娃臉的少年朝他們走來，坐到殷檽杋的床上。

白湘菓略帶訝異地眨了眨眼，「檽松？你補習回來啦？」

殷檽松點了點頭，「對啊，我剛喝完我媽留的熱湯才上來的。」

面前還未脫掉制服的少年，是殷檽杋小一歲的弟弟，殷檽松。五官和殷檽杋相似，都有著比同齡看上去還要年幼的童顏，也同樣遺傳了殷家的完美基因，容貌十分出眾。而他倆外表最大的不同，便是殷檽杋體型較為瘦長，殷檽松則是有一雙洋娃娃般的漂亮眼睛。

好比現在，白湘菓離殷檽松有段距離，但好似還能隱約看見他捲翹的睫毛一眨一瞬的。

「模特？什麼模特？」殷檽杋納悶地挑起眉宇。

「就姊每個月都會拿著看好久的那本雜誌，她喜歡封面那個模特啊。」殷檽松起身到牆邊的書櫃抽出一本雜誌，遞到殷檽杋面前，「喏，這個啊。」

「啊……原來在這裡嗎，難怪我找不到。」白湘菓恍然地驚呼。

那是本時裝雜誌，是玄夜企業旗下的子公司所發行的，模特兒都是直接採用公司內部的人，再外找廠商拍照的。而白湘菓喜歡的模特兒傳聞是玄夜副總的女兒，似乎還是個高中生。

「應該是妳之前帶來我家看，忘記帶走了吧。」殷榪杋指著封面高眺的女子，問：「妳喜歡的是她嗎？」

「對啊，就是她！我覺得她超——漂亮的！而且她身材好好喔嗚嗚嗚……杋你看她的腿！」白湘菓興奮地靠到殷榪杋旁邊，閃爍的眼睛盈滿羨慕。

殷榪杋認同地點頭，「是挺好的，不過模特不都這樣嗎？」

白湘菓用力搖頭，激動地反駁：「那不一樣！我特別喜歡她，我覺得她連不笑的時候眼睛都超勾人超漂亮的！」

「就這麼喜歡她？」殷榪杋失笑，他鮮少看到白湘菓有情緒，更不用說非常激動開心了。

「對啊，她是我女神。」

「不然哥你覺得姊有可能這麼有動力做跳舞以外的事嗎？還是減肥呢。」殷榪松幽幽地道。

「也是，我好像沒看過。」

「喂，說什麼呢你們兩個。」白湘菓鼓起雙頰，不開心地瞪了兄弟二人。

兄弟兩人除了外貌神韻相似外，個性倒是大相逕庭。殷榪杋溫文儒雅，是眾所皆知的好脾氣；殷榪松就直來直往了些，還挺古靈精怪的。

但他們還是有個共同點——喜歡欺負白湘菓。

畢竟殷檷松只小一歲，三人和白沐爾都是從小一起長大的玩伴，自然打成一片了。

殷檷松偏頭，問道：「對了，沐爾哥有說什麼時候回來嗎？」

「他說他打算過年那陣子回來吧，我也不清楚。」白湘菓聳肩，神情恢復往常的慵懶，「我只知道我爸媽下禮拜就回來了，應該和我哥差不多時間吧。」

「哥回來看到妳瘦一圈……我可以想像他的表情了。」殷檷杋瞥了她一眼，微揚的嘴角擒著笑。

「一定的啊，他一定會一臉嚴肅的把哥抓去審問的哈哈哈，想到就覺得搞笑。」殷檷松幸災樂禍地大笑。

「呃嗯……你們沒講我還差點忘了呢。我爸媽就算了，頂多問個幾句，我沒事就不會說什麼了，但我哥……呵呵，想得美。」白湘菓想像著自家哥哥神色凝重的模樣，不由得瑟縮了下。

畢竟，她哥哥，是個十足的妹控呢。

§

今年過年比較早，在一月底，因此白父白母在白湘菓期末考時便回來了，帶著不少年貨準備過年。

而雖然大學早已考完期末考，白沐爾卻因為系上活動耽誤，除夕時才回到高雄。

白沐爾背著簡單的行囊，打開大門，躺在沙發上看著電視的白湘菓見狀隨即雀躍地坐起身，「哥，你終於回來了！」

「是啊菓菓，我回來了。」白沐爾走向前寵溺地揉了揉白湘菓的頭髮，「抱歉啊，系上很多活動，忙到現在才回來。」

「沒關係啦，你有記得回來就好。」白湘菓搖了搖頭，體貼地說道。

「不過，妳這是怎麼一回事？怎麼整個人瘦了一圈？難道是我和爸媽不在家，妳沒有好好吃飯？」白沐爾臉色一沉，丟了幾個問句，又將眸光投向沙發另一端的殷樠朳，「樠朳，不是叫你幫我看好她嗎？怎麼讓她瘦了？」

「哥，這不能怪我，照料她三餐的可是我家。」殷樠朳無辜地反駁。

「呵呵，我就知道哥回來第一件事就是問湘菓姊為什麼瘦這麼多。」殷樠松從廁所步出，見此情形，幽幽地笑了。

「嗯？說什麼？所以為什麼我妹變成這樣了？誰來解釋一下呀。」白沐爾繞過白湘菓，走到兄弟面前，渾身散發著危險的氣息。

兄弟二人見白沐爾表情轉變如此迅速，也見怪不怪了。

雖說白沐爾平時平易近人，憐愛自家妹妹時偶爾還會流露出傻氣，可將白湘菓保護有佳的他，容不得她受到一絲委屈。

不過，即便視白湘菓為珍寶，白沐爾似乎因剛上大學的緣故，疏於與她聯繫了，才會對她這段時間在做些什麼全然不知。

殷楀杋挑起好看的眉宇，「你不知道她被拉進熱舞社了嗎？她為了要增進體力，還有能在舞台上看起來好看些，減肥了。」

「咦？好像有這回事。」白沐爾一怔，有些木然地僵在原地，「啊對……她有跟我說，但減肥什麼的我完全不知道啊。」

「不知道就算了，那說來話長。反正她是用健康的方式減的，你放心吧。」殷楀杋嘆息，不打算繼續解釋。

「對啊，哥，我沒怎樣啦。」白湘菓頷首，拉了拉白沐爾的衣擺。

「是嗎？算了，既然妳都這樣說，那應該是沒事了。」白沐爾妥協地拍了拍她的頭，「好啦，等等應該要吃飯了，你們去幫媽的忙吧。」

大夥兒一聽，各自朝廚房移動，有的擺碗筷，有的幫忙端菜，不一會，餐桌上便擺滿了豐盛的菜餚。

今年殷家的親戚因公事還在國外沒回來，便和白家一同圍爐吃年夜飯。

他們分成兩桌，大人一桌，孩子一桌，大人們愉快地聊著彼此工作上的趣事，而孩子們則是聽著白沐爾滔滔不絕地分享上大學的所見所聞，十分熱鬧。

飯後，將家事全交予孩子們處理後，大人們便泡了一壺茶到一旁愜意地談天了。

廚房裡，殷楀杋和白沐爾兩人並肩站在流理台前，一個負責刷洗，另一個將碗沖洗乾淨並放進烘碗機。

趁著兩人獨處，白沐爾開啟了話題：「楀杋，我剛有聽菓菓說你這段時間對她很好，看來你真的是有把我的話聽進去，好好照顧她啊。」

聞言，殷楀杋忙碌的手頓了頓，「她這樣說？」

「是啊，而且看上去挺開心的嘍。」白沐爾手肘頂了頂殷楀杋的腰際，揶揄道：「你做了些什麼？說來聽聽唄。」

「也沒做什麼，就是叫她起床、打理三餐、洗晾衣服、一起讀書而已，喔對，前陣子還多了陪她每天晨跑。」殷楀杋聳聳肩，說得雲淡風輕，好似這都是不足為提的小事。

白沐爾驚呼，「哇靠，可以啊你，你這是把她當什麼在養啦？寵物嗎？哈哈哈哈。」

「她倒是挺像貓，懶懶的，摸起來也軟軟的。」殷楀杋咋舌，「嘖，但她現在只剩臉圓圓的而已。」

「等等，你說只剩臉？這是代表你有摸過其他地方啊？」白沐爾打住殷楀杋的話，激動地指著他嚷嚷：「我說你啊，我不在就給我亂來？你最好給我從實招來喔，不然我不放過你。」

「……說什麼呢。」殷楀杋無語，怎麼這對兄妹思考邏輯都有點超出凡人？

「不然你幹嘛那樣說？」

「唉，那只是一種說法，別這麼認真。」殷楀杋將最後一個碗放好，設定好烘碗機的時間後，走到一旁拿起餐巾紙擦拭手。

「希望是這樣啊。可別讓我改天聽到你對我妹妹做了些什麼啊。」

「不會好嗎？我不是只有不敢而已。」殷楀杋勾起了淺笑，神色柔和地說：「我也捨不得。」

白沐爾瞇起眼，「喔？我有看錯嗎？你這表情也太、溫、柔了吧……」

儘管年齡相差了五歲，又沒有血緣關係，可兩人卻像親兄弟般無話不談，時常會心靈交流。

白沐爾半年前上大學時，那時殷家才剛搬過來對面，他恰巧錯過，所以並不知曉白湘菓和殷楀杋朝夕相處的情形如何，畢竟在那之前，他們倆就是兒時玩伴罷了，壓根沒講過正經話。

僅僅半年的時間，他們的感情似乎有了變化，這在白沐爾這次回來時便察覺到了，不過……起初他也只是臆測。

果然，這會看見殷楀杋眼底摻著些許柔情，他想，他大概沒想錯了。

「哎呀，我懂我懂，哥都看在眼裡啊！」沒等殷楀杋反應，白沐爾重重拍了殷楀杋的肩。

「你別亂想。」他好無奈啊。

「不不不，我怎麼可能亂想呢。」白沐爾擺手，隨後換了副嚴肅的表情，「那我就把菓菓交給你了，不過，你可別亂來啊我警告你。」

……還說沒亂想。

白沐爾這是把他當什麼人看了啊。

§

經過過年被龐大訊息量衝擊的白沐爾，深深感受到自己好像落了一大截，身為哥哥怎麼能對白湘菓平時一無所知呢？

於是妹控如他，因大學晚開學，硬是多留在高雄將近一個月，開學後甚至固定每月至少回來一次，除了能完美地滲透白湘菓的生活，也想填補她孤獨空虛的心靈。

作為稱職的哥哥，他是清楚白湘菓的交友情形的。

白湘菓怕生，惰於社交，也總是淡淡的沒什麼表情，因此身邊沒幾個朋友，知心的更是只有殷楀杋。

就連加入熱舞社後，她仍沒與社員打交道，而是默默地在一旁練習著。

種種原因使然，她的生活僅有練舞，其餘便是和殷楀杋處在一塊。殷楀杋的人緣極好，為此她不會成天老纏著他，即便同班，她下課不是在座位上睡覺就是寫功課，偶爾殷楀杋才會來逗她。

白湘菓雖十分依賴殷楀杋，但她終究不想造成他的負擔。

於是，白湘菓單調規律的生活，就在多了白沐爾時不時帶來的歡樂下，很快地來到國三。

課業量愈加繁重，幾乎每節課都在考試的會考生，理所當然地被學校禁止許多活動，例如：升旗不需到場，社團也改採自願制參加。

且國三的放學時間延後十五分鐘，第八節頓時變成漫長的一小時，這讓不少身心俱疲的學生更加疲憊了。

可仍有一群熱舞社的舊社員放學會留練，為的是能爭取在畢業舞台上表演。畢業舞台除了是國三這年少數表演裡的其一，更是國中最後一次的表演，可以在全年級師生都在的畢業典禮上跳舞，沒有人不想要這個機會。

不過，表演是有限制人數的，只能五人參加，並且由社師選出適當的人選，不限年級。一起練習了好長一段時間，多少都清楚彼此的能力，也大概能猜測社師最後選擇的人是哪五位，而這其中不外乎有一直被社師看好的白湘菓。

白湘菓國三也有留練，理所當然取得了表演資格，但當社師詢問她意見時，她卻拒絕了。

社師這下就不解了，納悶地偏頭，嘴上仍不放棄地繼續說服：「湘菓啊，老師從一開始看好妳的天賦，到現在妳努力練習後，舞技愈來愈純熟，我的想法也沒變過，妳跳舞跳得比常人好上許多，怎麼會不想表演呢？這麼好的機會啊。」

白湘菓不知如何回答，只是抿著唇不發一語。

「唉，不表演也沒關係的，老師不會逼妳，自己想通就好。」社師見白湘菓始終沒回應，輕輕嘆息，「下禮拜前都還有機會可以反悔，隨時改變心意就來找我吧，我會在這段時間找新的人替代，時間到了，妳都沒來找我了話，就自動換成別人，到時妳想表演也沒辦法啦，所以要想清楚啊。」

一個禮拜過去，白湘菓沒有去找社師，社師也沒多說什麼，便將第五個人替換新的了。

其實，白湘菓聽完社師的一番話時，是有想過反悔的，與殷橒杋談過後，也覺得既然有機會上台表演，該是好好把握才對。

可在最後期限的這天，白湘菓的班級延後下課，她比平常還要晚了十幾分鐘才到練習室，裡頭已經有不少人到了。

她那時正坐在鞋櫃上脫鞋，音樂戛然而止，談話聲隨之傳來，音量不小，也因為門沒關緊，她聽得一清二楚。

「妳說，白湘菓她會不會今天給大家一個震撼彈，說改變心意要參加啊？」

「啊？不要吧。我都跟著妳們練習表演的舞好幾天了，她如果等下來就說要參加，那我這不是都白費了嗎？」

「對欸，老師聽到白湘菓要參加，她一定會很開心的，然後就又變回她了。」

「那樣我應該會滿傻眼的，希望她到最後都不要答應。」

「好啦別講那些，等會她來要是聽到就完了，趕緊練習吧！」

大夥兒散去，到音響前按下播放，動感的音樂聲再度環繞教室。

將整段對話全數聽完的白湘菓，放下踩著鞋櫃的腳，失神地低頭盯著地上。

她還是……不要表演好了，讓給別人，好像比較好。

不想挑起爭端的白湘菓，那天最後並沒有找社師。

熱舞社的勾心鬥角，白湘菓一直是知道的，也因此她沒與其他社員深交。特別是牽扯到比賽、表演的事，比起友情，其他人更看重利益。

這使她漸漸不表露過多情緒，也變得不爭不搶。

她沒有將這件事告訴殷槗枫，她還沒有心理準備面對叨叨絮絮的他。

但朝夕相處的殷槗枫怎麼可能瞞得過？

察覺白湘菓練習次數減少，殷槗枫便關心的問她，但都被她輕描淡寫地帶過，心思細膩的他當時只覺得怪異，沒有多問。

直到幾個月後，去學務處交資料時，偶然在辦公桌上看到的報名表，他才知道白湘菓並沒有參加表演。

「妳怎麼沒參加？不是改變心意要回去找老師說嗎？」走回家的途中，殷槗枫停下腳步，忍不住問道。

「啊？你怎麼知道？」在後方低頭走著的白湘菓，直直撞上了殷槗枫的後背，被他的話嚇得不輕，驚訝地張大嘴。

殷槗枫轉過身，直勾勾地對上白湘菓睜大的杏眼，「偶然看到的。說吧，為什麼？」

「就……」白湘菓見殷槗枫正凝視著自己，知道是逃不過了，便投降似的垂下眼，「我聽到有人在談論這件事，想說讓給她好了，不要鬧大，不然氣氛很糟。」

殷槗枫揚起眉宇，「談論妳？所以妳就因為這個放棄了機會，是嗎？」

「嗯。就不想跟別人搶。」她不敢直視殷槗枫的眼睛，只覺得此刻的他散發著危險。怯怯地伸出小手，戳了戳他結實的臂膀，「對不起啦，我也不是真的想這樣啊……不要生氣好不好……」

殷楀杋也不是真氣著，被白湘菓這麼一弄，也不氣了，暗暗嘆息，「知道我會生氣還敢放棄。」

「好嘛，我的錯。」他好可怕啊，嗚嗚。

見眼前的人兒頭更低了，殷楀杋於心不忍，食指輕抬起下巴，與她顫動的瞳仁對上，他放柔了眼神，沉著聲說道：「不怕後悔嗎？」

「我也不知道，應該不會……吧。」

她還真無法料想到時會不會後悔。

而殷楀杋也同樣說不準，但不論如何，他只希望，她不要難過就好。

思及此，他又寵溺地揉了揉她的頭髮。

§

會考各科標準在今天公布了，早在剛考完時就將答案對完的白湘菓，將各科答對的題目數記在手機備忘錄中，正把它一一核對，並在後方打上應對的積分。

她很快便全部用好了，連需要特別計算加權的英文和數學也沒有妨礙到她，因為她數學非選六分全拿，英聽更是一題都沒錯，算另一部分的分數就好。

視線在五行數字和電腦上的網頁來回游移數次，確認自己真的沒看錯，忍不住驚呼。

她激動地拍著殷樢杋的手，「杋！你看！」

殷樢杋從白紙中抬頭，伸手接過白湘菓遞到面前的手機，看完螢幕上頭的數據，他揚起清淺的笑容，「恭喜，考得最好的一次呢。」

「是啊，沒想到我連一次都沒考過A的社會會考竟然考A！這樣我是5A！」白湘菓猛點頭，興奮地蹦蹦跳跳，「而且數學還是A++！」

白湘菓是女生中相對少數擅長數學和自然的標準理科女，尤其她的長項數學，更是和殷樢杋不相上下的出色。

「這樣不能上第一志願，但可以上苑杏吧？」白湘菓稍稍冷靜下來，問道。

「第一志願不行，但苑杏穩上的。」殷樢杋頷首，梳整著白湘菓凌亂的髮絲，「懶懶很棒。」

「嘻嘻，我也覺得。」白湘菓俏皮地吐了吐舌，「對了，那杋考得如何？」

「嗯……有點考差了，應該上不了第一志願。」殷樢杋不在意地笑了笑，「不過沒關係，這樣我們剛好能一起去苑杏了。」

白湘菓對殷樢杋的回答有些詫異，「啊？真的假的……對不起我不知道，我還在你面前那麼開心，我知道了話我就不會這樣了……」說著，她拉起他的衣擺，討好似地輕輕搖晃。

殷樢杋忍俊不禁，「道歉什麼呢？我沒有怪妳啊。」

他是真的不介意。

「反正去苑杏拼繁星會比在第一志願考上頂大容易，所以也沒什麼損失。」見白湘菓還是有點過意不去地糾結著，他輕推了她的額，「真的沒事，別想太多了，趕快去睡吧，明天還要早起畢典呢。」

白湘菓恍然，「對喔，你沒說我還差點忘了，而且明天要領獎，可不能睡著啊。」

「知道就好。」殷橋枫拿起椅背上的外套，朝房門走去，「不要高興到睡不著，知道嗎？我先走了。」

「好啦知道，枫晚安。」

「懶懶晚安。」

與殷橋枫道別後，白湘菓聽話地馬上到浴室洗漱，不到幾分鐘的時間便熄燈，躺在柔軟的床舖上掛著微笑沉沉睡去。

而回到自家的殷橋枫，上樓後先到隔壁弟弟的房間，替躺在床上背單字到睡著的殷橋松蓋上棉被，並把書放到書桌上，臨走前再將大燈切至夜燈，才放心地走回房間。

他坐到床上，端詳著手中寫著會考成績的紙條許久，突地，他想起什麼似乎地站起身到角落的櫃子前，將其收進裡頭不明顯的深處。

半晌，他滿意地勾起唇。

翌日，畢業典禮。

學校將整個典禮中耗時最長的頒獎放在前頭，表演則被排到結尾。有分全科和各領域的獎項，全科的獎項有六種，殷楀杋和白湘菓分別獲得了第一名的市長獎和第四名的區長獎。

白湘菓領完獎後便呆呆地坐著，絲毫不在意台上頒得是什麼，直到整個流程結束，從主持人麥克風傳來的聲音才將她飄遠的心緒拉回。

「頒獎典禮就到這邊結束了，接下來是大家期待的表演。」

「是的，接著我們掌聲歡迎本校熱舞社為大家所準備的表演！」

掌聲響起，台下的燈隨之暗掉，餘下的是打在舞台中央的燈。音樂聲在下秒落下，強烈的節奏感拉開序幕，幾名穿著表演服裝的少女隨加快的旋律自布幕後跑出，各自在該站的位置定位。

禮堂頓時安靜，幾秒後又響起另首歌，與方才僅有旋律不同，這首是帶有人聲的英文歌。

白湘菓知道這首歌，這是她在練習時最喜歡跳的一首，除了歌曲張力十足，每個舞步皆能跳出盈滿濃厚青春氣息的模樣，背景音還帶點電音，整首歌的意境熱情歡快，是很能帶動氣氛的歌，更不用說是表演用了。

看著當初與自己一同練舞的社員，每個人的臉上無不帶著自信的笑容，在舞台上閃耀地舞動著。

越是看著，白湘菓雪亮的眼睛就越發黯淡。

五分鐘後表演結束，台下響起如雷的掌聲，她跟著怔怔地舉起雙手輕拍。接著，進入最後一個環節，大夥兒最後一次唱著校歌，完美落幕。

典禮完，他們回到班上領會考的成績單，並在班導的要求下拍了最後幾張合影，才宣布放學。

一聽見班導放人，白湘菓隨即背起包包，走到教室外頭等待被人群圍繞的殷楀枫。只有幾個女同學上前與白湘菓合照，與裡頭脫不了身的殷楀枫相比，她顯得清閒許多。

最後，殷楀枫實在受不了，抓到空隙便先行溜走了。

他們倆並肩走著，一路上，白湘菓始終盯著地上不發一語，而殷楀枫只是投以關切的眼神，識相地保持沉默。

走到兩家前，殷楀枫出聲問道：「上去我家嗎？還是妳家？」

「你家。」白湘菓逕自打開殷家大門，小聲地說：「我好餓。」

「想吃什麼？我弄給妳吃。」殷楀枫輕笑，走到廚房打開冰箱。

「想吃麵。」

「好，妳坐著等我一下。」

畢典不到中午就結束了，家裡只有他們二人，沒有殷母為他們準備午餐，殷楀枫只好熟練地拿出鍋具和麵條，親自下廚。

水煮滾後，他放了兩包烏龍麵下去，又加了幾把青菜和一些火鍋肉片，最後再打兩顆蛋，幾分鐘後，簡單的烏龍麵便煮好了。

嚐過味道，確定正確後他才盛起一份將筷子一同放到白湘菓面前。

若是以往，煮出這樣一鍋麵，對殷樀枂來而言根本是天方夜譚。他連開火都有些生澀，更不用說是煮飯了。

但自從搬到白家對面後，面對白湘菓的依賴，他不由得想多學些什麼，好讓她更有依靠些。就這樣，學習能力極好的他，跟著殷母學習做菜將近一年，現在煮麵、炒菜之類的，只要是不需要太多技術的料理，都難不倒他。

不過，吃過殷樀枂做的各種料理，白湘菓最喜歡的還是像她面前的這碗烏龍麵。簡單的食材，清淡的湯頭，即便外面常見，她都覺得沒有一家比得上殷樀枂做得好吃。

她也說不清那是怎樣的味道，但，大概就是多點溫暖吧。

他們靜靜地吃，沒多久殷樀枂便吃完了，手支著頭盯著白湘菓瞧。

她的動作從方才便停滯，面無表情地看著碗裡的麵。

她真的很不對勁。

正這麼想時，便見兩行清淚自白湘菓的頰邊滑落，殷樀枂有些意外，可仍不動聲色地到旁邊抽了幾張衛生紙，繞過餐桌到她身旁，「擦擦眼淚吧。」

白湘菓緩緩地接過，但沒有把它拿來擦拭淚水，而是轉過頭看著殷樀枂，溼濡的眼眶閃著淚光。見狀，他嘆息，蹲下身，嗓音極輕地喚道：「懶懶，怎麼了嗎？」

像被按到什麼開關般，白湘菓猛地潸然淚下。她抽抽噎噎地說：「也、沒什麼……就只是……看到她、們在表演……覺得好、難過。」

聞言，殷樢杋竟覺白湘菓哭的原因有幾分好笑，但又感到不捨。他大概知道她難過之處，也想過她可能會後悔，但他沒預料到會哭得這麼傷心。

他沒說話，只是等待她哭完、發洩完。

許久，白湘菓停止哭泣，殷樢杋伸手輕柔地以指腹抹去頰上剩餘的淚，「好點了嗎？」

「嗯……應該吧。」

見白湘菓還是沒什麼生氣，殷樢杋站起身，俯視她，嘴角擒著溫煦的笑，「抱一個？」

她一怔，隨即點頭跟著站起，便被帶進一個溫暖的懷抱。

他知道，白湘菓很喜歡被摸頭，更喜歡擁抱，但後者自他們從長大後，他便沒這樣做過了。

任懷中的人兒緊抱著，他也溫柔地回擁，另隻手放到她的頭頂撫著。

「杋，我以後不會再輕易將機會讓給別人了，我想要的會去爭取的。」她整張臉埋在胸膛裡，聲音悶悶的。

他低笑，「是嗎？那很好啊。」

就算她日後再度因類似的事感到難過，他仍會在她身邊伴著，並給與她一個擁抱的。

第三章

畢業後，白湘菓和殷檽杋順利地填上了苑杏高中，滿足愜意地過完了漫長暑假。

他倆沒有和一般學生一樣，到大補習班先修高一課程，而是在家跟白沐爾成天打打鬧鬧，偶爾再教殷檽杋功課而已，畢竟他們都不是需要仰賴補習的人。

就這樣悠閒地度過，他們此時正坐在白沐爾的車上前往苑杏。駛近校園周遭，前進速度愈加緩慢，因住宿生均在今天提早入校的緣故，路上無不是朝同目的前進的車輛。

苑杏高中是一所公立高中，位在山上，佔地廣大，設備齊全且優良，裡頭甚至還有完善的商店街和乾淨整潔的宿舍，種種像是私立學校才有的特點，吸引不少第一志願的學生把志願往下填，為的就是能來苑杏好好體會如大學般的高中生活。

「你們學校可真大啊。」白沐爾精壯的手臂握著方向盤，透過鏡子看著後座的兩人，「宿舍生活，會期待嗎？」

「我只覺得很緊張。」白湘菓不停搓著手，薄唇緊抿，「每到一個新環境，就覺得很怕，更何況還有室友，不知道會不會遇到處不來的人。」

「不會啦，別這樣想，我覺得菓菓高中可以交到不錯的朋友。」白沐爾見自家妹妹膽怯的模樣，柔聲安慰道，「妳還有檽杋陪妳啊，是不是？」

突地被點名的殷楀杋，直覺地瞥了眼鏡中的白沐爾，便見他眉宇微挑，嘴角揚著不明的微笑。決定將其略過，殷楀杋頭轉回望著窗外，淡淡地說：「我是沒什麼感覺。」

「哥，別老是把我推給杋嘛，他又沒責任一定要顧著我。」白湘菓偷覷了眼殷楀杋，見他神情淡漠，趕忙糾正白沐爾，「既然都來到苑杏了，我也該獨立點，不要一直麻煩他。」

「好啦好啦，你倆自己講好就好，哥不會多管。」白沐爾拿她沒轍，擺擺手，把車子停妥，「到嘍，你們可以下車拿行李了。」

聞言，白湘菓馬上打開車門，跳下車走到後車廂前，也不等另外兩人，便逕自背起兩個大包包往大門走去。

白沐爾一頭霧水地眨了眨眼，「她走那麼快做什麼？連聲再見都沒說呢。」

「八成是在鬧脾氣吧。」殷楀杋聳肩，拿起剩餘的一袋，「我先走了。」

「等等。」白沐爾拉住欲離去的殷楀杋，語重心長地說：「我妹就交給妳了，她有什麼事我就找你算帳啊。」

殷楀杋無語，這又是什麼狀況？

白湘菓要是知道她哥很不負責任的把她丟給別人了，不知道會有多生氣。

與白沐爾道別後，殷楀杋跑向不遠處的白湘菓，順勢搶走她手中的行李袋。

手上沉甸甸的重量消失，白湘菓驚訝地雙眼瞪大，見來者是熟悉的殷楀杋，頓時又恢復原先的平淡無波，沒好氣道：「你幹嘛？」

「幫妳拿。」殷槅杋知道她正氣著，神色柔緩許多，輕聲問道：「生氣？」
「沒有。」她撇過臉，賭氣似地加快步伐離開，「我沒有生氣，只是不想理你。」
還說沒生氣？分明就是啊。
他暗暗嘆息，萬分無奈地追上她，「妳這就是生氣啊。我做了什麼嗎？」
「我說沒有就是沒有啦。」她不滿地噘起嘴，「誰叫你要拋棄我。」
「拋棄？」他什麼時候拋棄她了？
「就剛剛啊，我哥說我還有你陪的時候，你什麼都沒說，還一副不願意的樣子，那不是拋棄是什麼？」
話是這麼說的嗎？
他可不覺得這樣哪裡有拋棄意味啊。
而且，拋棄她的人應該是她哥才對吧？
「我沒有，妳誤會了。」他搖首，大手覆上她的頭頂，「都忘了妳瀏海留長了，不是妹妹頭，不能壓了。」
摸頭對白湘菓一向很有安撫作用，口氣立刻就放軟了，「……哼，有也不能壓啦。」
見她不再用忿恨的眼神睨著自己，殷槅杋趁機揉亂她鬆軟的頭髮，試圖破壞它的分線。
白湘菓七月時便把從國小就沒動過的齊瀏海留長，去修剪髮尾時也請設計師整理過，成了現在的大旁分，青澀的臉蛋增添不少氣質韻味。

殷楀枫戳了戳她仍鼓著的緋紅雙頰，輕輕笑了，「但妳這樣還挺好看的。」

「你才好看，你全家都好看！」她小臉更紅了，羞惱的跑開了。

「嗯？」他啞然失笑，這是在罵他還是稱讚他長得好看？

這次殷楀枫沒有跟上去，而是緩緩地爬坡——反正白湘菓的行李還在他這，會等他到才上去女宿的。

雖然白湘菓平時幾乎是沒任何情緒的，但這不代表她對所有人都是。她倒是很常煩躁時便對殷楀枫發小脾氣，起初他還覺得莫名其妙，久而久之就習以為常了。

他還以此為樂，畢竟炸毛的白湘菓怪可愛的。

拐過幾個彎，果不其然，白湘菓站在女宿門口前等著，臉上滿是不自在。

「拿去吧。」卸下肩上的包放至白湘菓手上，殷楀枫溫聲道：「有事找我，沒事想找我也行，我從不覺得妳麻煩。」

「好啦，掰掰。」

「掰掰。」

分別後，白湘菓放棄等待人擠人的電梯，選擇慢慢走樓梯上去。到了高一所在的三樓，循著房號到了第三間，輕推開房門，裡頭只有兩張連著的床鋪與書桌，本以為是室友還沒到時，便瞥見右邊的桌旁放著一個深藍色的行李箱。

「原來已經到了啊。」她喃喃道。

白湘菓抽中的寢室是少數的兩人房，一層樓有十間，僅有前三間是，其餘的都是四人房。

環顧四周，連浴室也一併看完的她只覺得驚奇，沒想到連寢室的設備都挺人性化的。

正當白湘菓在計算著苑杏在宿舍上花了多少經費時，房門再度被打開，走進來的是一名化著淡妝的少女。

「啊，妳來啦，我剛下樓拿房卡，這給妳，一張我的，剩下那張是備用的。」少女遞給白湘菓其中一張銀色的卡，如花般的笑容自唇邊綻開，「妳好呀，我是楚于嫺，啊對，發音的關係，我建議妳喊我小名比較好喔。」

她輕輕頷首，「我是白湘菓，白色的白，水部的湘，草字頭的菓。」

「百香果？好可愛好特別的名字噢！」楚于嫺晶亮的眼睛閃爍著。

她淺笑，「很多人這麼說。」

楚于嫺臉蛋小巧，有著一雙大大的漂亮眼睛，和飽滿的嘴唇，帶點捲度的波浪長髮和瀏海襯著，使她看起來像個洋娃娃。

和殷楀松不同，白湘菓認為楚于嫺完完全全就是個娃娃，眼睛和嘴唇根本完美的不合邏輯。

「可能因為妳笑起來挺可愛的吧，我覺得妳長得好漂亮！整個人很有氣質耶。」

「沒有啦，妳才是呢。」白湘菓羞赧地低下頭。

她還是第一次被親戚以外的人，認真稱讚自己的外表漂亮。

她們邊整理行李邊聊了起來，彼此的頻率相近，很快地，白湘菓也不再怯生生的。

楚于嫺又替她打點好床鋪，還順道把兩張書桌擦拭乾淨，幫了生澀的她不少忙。

她好像……遇到個挺不錯的室友呢。

§

相處了一個禮拜後，她們漸漸瞭解彼此的個性。

從打理寢室大大小小的地方，到教導白湘菓瑣事，她認為楚于嫺是個頗獨立自主、擅長照顧人，像個媽媽的人。

跟殷檽杋帶給她的感覺類似，有種安心感。

而楚于嫺則覺得白湘菓不如外表淡然，偶有呆萌傻氣的時候。當然，她大部分看到的都是慵懶的白湘菓。

今天是開學第一天，成群的新生穿著嶄新的制服，從宿舍走出，朝各自的班級前進。

她倆也走在人群之中，楚于嫺思及分班結果，停下腳步，惋惜地說：「還是覺得好可惜啊，沒跟妳同班。」

白湘菓認同地點頭，苦著一張臉，「我也覺得，想跟認識的人同班。」

昨晚分班公告在校網，白湘菓沒在自己的班級看到楚于嫺和殷檽杋的名字，她忐忑了整晚，輾轉難眠。

她挺討厭到新環境的，要認識新同學、老師，對於不擅社交的她來說，那是比大考還可怕的事物。

國中時有殷楀杋同班，高中沒有。她沒有把握能在班上交到什麼朋友。

「別想太多，也只同班一年，就算沒有朋友，高二還有機會。而且我們班級就在附近，懶懶，妳可以來找我。」昨晚在電話裡，殷楀杋是這麼安慰她的。

的確，高一的班級只有同班一年，高二便會分組了，再難熬也是一年而已。

但她就是害怕呀。

楚于嫺又將公告瀏覽一次，略微欣喜，「不過，我好像有幾個國中認識的朋友在同個班。湘菓沒有嗎？」

「應該沒有。」白湘菓輕輕搖首，「我國中沒幾個朋友。」

「真的啊……」楚于嫺心疼地拍了拍白湘菓的肩，「沒關係，妳現在有我這個朋友，而且我相信妳在班上也能交到不錯的朋友啦。」

「希望真的能。」

白湘菓咬著唇，手緊握拳，緩步走進教室。她隨意找了個角落的座位坐下，冷汗涔涔，她全身緊繃地持著手機，盯著訊息想從中獲得些許歸屬感。

湘菓：杋，我覺得好可怕啊……

杋：別怕。

湘菓：嗚嗚，我一直冒汗。
枫：還好嗎？需要我過去陪妳嗎？
湘菓：不用啦，你待在你班上就好。
枫：真的？
湘菓：真的。
枫：好啦，妳乖乖待著，等等開學典禮完有社團博覽會，可以陪妳逛。
湘菓：好啊。

結束聊天，白湘菓關掉螢幕，他們要去禮堂進行開學典禮了。

獨自走在隊伍後頭的白湘菓，正四處觀看著教學區時，肩膀便被輕點了下。疑惑地回過頭，一見是熟悉的面孔，她心一喜，語氣上揚：「江思？」

「是啊我是，又見面啦，沒想到我們同班呢。」江思揮了揮手，「瞧妳這反應，該不會現在才知道吧？」

「是啊，我哪知道那是妳啊。」

校網公佈的不是全名，像白湘菓是白〇菓，江思的就是江〇，也難怪白湘菓沒認出來了。

江思，巴掌大的小臉，靈動的水眸，整張臉活像個精靈似的——這是白湘菓對她的第一印象。

她總是化著精緻的全妝，平時的造型不是戴著貝蕾帽，就是綁著清爽的包頭，她對打扮一向很有一套自己的風格。

白湘菓暑假參加了一個營隊，課程是學習兩週的基礎街舞，她是在那認識江思的。不過江思並不是同課程的同學，而是早就在那舞蹈教室學舞的舊生。

那時，授課老師給眾人安排各舞風的表演，而江思表演的是現代舞。大概是被江思柔軟的身段、輕盈的舞姿給迷住，白湘菓在那兩週學習的皆是較嫵媚的New Jazz。

因為她報名的課程是流行舞蹈，與江思舞風相近的只有New Jazz，但本體上還是有差異的：現代舞比較柔美，New Jazz的性感中還帶點力道。

她也是那時候發覺自己比起國中學的Hip Hop，更適合跳New Jazz。

比白湘菓略高一點的江思，拍了拍她的額頭，「還好我有先來找妳，不然啊，剛看妳頭一直低低的，怯生生的模樣，活像隻貓呢。」

白湘菓有些不好意思，吐了吐舌，「沒辦法啊，我真的對開學這事很懼怕的，妳也別吐槽我了。」

雖然只和江思相處僅僅兩週，但交際像吃飯一樣容易的她，在知道白湘菓對現代舞感到新奇時，便主動上前搭話了。

白湘菓有時會覺得，當初竟然會因為江思的外貌而認為她好相處，她根本是腦子抽風吧。

因為江思那張伶俐的嘴，平時不吐槽別人就好似會少塊肉一樣，尤其遇上了白湘菓，更是時不時起玩心逗弄她。

「要習慣呀。」江思嫣然一笑，「啊對，等等要不要一起逛社博？苑杏社團挺多的。」

「可以呀。不過我有跟別人約好了，但可以先跟妳一起。」

江思又笑，覺得挺有趣的，「妳說的是妳那青梅竹馬嗎？」

白湘菓點頭，「是啊，妳知道的也就那個朋友而已。」

「也是。」本還想再多調侃幾句的江思，見已經到大禮堂裡面了便作罷。

偌大的禮堂坐滿了三個年級各班，台上的各務處主任自顧自宣導著或大或小的事，早聽過數次重複話語的高二、三學生，各個臉上寫滿不耐，低聲交頭接耳。

相較於學長姊，高一的新生就顯得乖巧許多。

但還是有在這之中看來較為突兀的。

「嘿，兄弟，我真的覺得我們以前好像見過欸。是國中嗎？你什麼國中的？我是這附近的C中。」一名理著平頭的少年，手插著腰，對身旁的殷樀枫無比好奇。

「但我真沒印象。」殷樀枫無奈地笑了笑，「我讀的是離這裡很遠的A中。」

他雙手抱住頭，閉起眼努力回想，「啊？可是我怎麼看都有種似曾相識的感覺，這是為什麼呢……」

「不如……你說說你叫什麼名字？」殷樀枫好心提議道。

「對喔，剛忙著找你講話，都忘了說我的名字了，我叫考大常啦。」考大常見殷樀枫像是聽了什麼笑話似的，滿是不相信地挑起好看的眉宇，他突地正經八百介紹起來，「對，你沒聽錯，考試的考，大小的大，常見的常。」
殷楀杋不可置信地問：「真的叫大常？還姓考？」
「是啊，很特別對吧。」考大常不在乎地聳聳肩，顯然是習以為常了。
半晌，確認過考大常真不是在與自己開玩笑，殷楀杋深呼吸，嘴角抽了抽，「……我們以前絕對不認識，這麼特別的名字我不可能不記得。」
白沐爾、白湘菓就算了，他小時候聽到時可沒這麼驚訝，因為名字看上去還是挺順眼的，連他家那陰險表哥的名字也是，若非唸出來，不然根本不會察覺諧音是食物。
但……考大常是怎麼回事？

§

難不成這年頭的父母取名改走幽默路線？
老一輩的人不是都取菜市場名，好一點的也會找算命師算字，不論哪種方式，名字都有其寓意不是嗎？
殷楀杋納悶啊，怎麼就把小孩的名字取成食物呢？
還是大腸？他想不透。
開學典禮告一段落，他們走出禮堂，往廣場前進。殷楀杋一貫溫和的語氣，此時盈滿疑惑，「你沒問過你爸媽為什麼給你取這種名字嗎？」

「有啊。」考大常笑呵呵地，對殷楀杋的提問毫不意外，「沒辦法，我爸那時餓昏了吧，陪我媽生我太久，那時急著要個名字，剛好想吃大腸，我又剛好姓考，一切的一切就是這麼剛好！最後就這麼定啦。」

一切的一切就是這麼剛好？真樂觀啊。

「……那你不會困擾嗎？」殷楀杋還記得年幼時，總會聽到已經上國中的白沐爾，回家常抱怨著自己的名字被一些幼稚的同學開玩笑的。

「其實也還好，是有不少人會拿著嘲笑我啦，但我消化得挺好的，沒很放在心上。」考大常愉悅地說著，轉頭朝殷楀杋眨了眨眼，「而且，這也是一種……優勢！別人很容易記住你的名字，久而久之，你甚至會發現走在路上會有一些只有一面之緣的人喊你的名，跟你打招呼呢！是不是很好？嘿嘿。」

任考大常滔滔不絕地訴著自身趣聞，殷楀杋只是靜靜地聽，觀察著考大常豐富多變的神情。

嗯，看來應該不是裝的。

「好啦，別講那些，我們去逛社博吧？」

殷楀杋沒有馬上回應，下意識瞥了白湘菓班級所在之處，很快在其中找到熟悉的身影，見她有說有笑地和身旁的人談話，他才放心地輕輕頷首，「好。」

球場和穿堂的連結處是廣場，活動都在這舉行。中央有一舞台，幾個音樂或跳舞性質的社團正為上台準備著；靜態社團則是設了小棚子，放滿相關設備供新生觀看；體育性質的社團就隨意些，不在學校社團博覽會的範疇內，可自行決定宣傳與否。

他倆心照不宣地走到球場，那兒有排球社和籃球社的幹部坐在樹下納涼著，顯然對拉新社員不感興趣。

「楀杋兄，我看你跟我一起過來這裡，應該是對這有興趣吧。那你是想選排球還是籃球社啊？」

「楀杋兄？」殷楀杋對此稱呼感到新鮮，眉宇微揚，「的確是有興趣，我剛大致上看了一圈，還是籃球比較吸引我。」

「啊，我覺得你有種感覺讓我想叫一聲哥，可能是你渾身散發出沉穩的氣息？我也不知道該怎麼解釋，總之別介意啊，這是我的習慣，都會給朋友取個綽號之類的。」考大常一聽殷楀杋的提問，隨即應了一番解釋，「那我們就一起去籃球社？」

「好。」

排球社幾名高二女幹部早注意到了不遠處的兩人，正和籃球社的男幹部低聲議論著。

「欸欸欸，你們有沒有看到那學弟？」綁著高馬尾的少女激動地拍了旁人的肩。

「有啊，你說比較高的那個嗎？」

少女眼睛閃爍著光芒，馬尾在後頭隨著頷首輕輕晃著，「對啊對啊，欸他超帥的我的天！」

籃球社的男幹部本不以為然，一對上殷楀杋豪無波瀾，一眨一瞬間卻極為勾人的桃花眼，頓時啞口無言。

「……嗯，身為一個男的，我很沒爭氣的被他帥到了。」少年運著球的手停滯，發愣地望著。另一名少年單手抱球，呆呆地點了點頭，「認同。」

耳根子尖的考大常將幾人的談論全數聽進，高興地以手肘抵了抵殷檣杋，「檣杋兄，我聽到他們說你很帥呢！」

「嗯？我沒聽見呢。」殷檣杋偏頭，儼然是毫不知情，「我們過去吧，我想問看看籃球社有什麼活動。」

「好呀。」

見考大常樂得像吃了糖似的，殷檣杋不由得輕輕笑了。

兩人一前一後地朝球場走近，方才還嘈雜的嬉鬧聲戛然而止，紛紛如石化般怔在原地動彈不得。

「學長好。我想請問，籃球社有什麼活動嗎？」殷檣杋揚起溫雅的笑，禮貌地問道。

「呃、欸，這個嗎……」被問話的少年嚥了嚥口水，有些語無倫次。整頓好莫名慌亂的心緒，少年慢徐徐地說：「我們不定期會跟外校友誼賽，如果打得不錯，時機合宜，有可能會比正式的比賽，不過那目前還沒有過，基本上都是友誼賽而已。」

「好的，謝謝。」

微笑著道謝後，他們便旋過身，走回廣場。

廣場周邊站滿高二幹部，手上皆是宣傳看板，考大常經過時邊接了張傳單，邊問道：「檣杋兄，那你剛問完覺得加籃球社可以嗎？」

「可以啊，其實有沒有活動是其次，只是有比賽還是會比較吸引我。」殷檣杋也笑著接下幾張傳單，大略瀏覽了內容，說道：「我感覺苑杏在社團方面，給學生很大的自由空間，應該都不會到太差。」

「說的也是，而且社團其實不算多，但應有盡有，甚至還有一些特殊少見的社團。」考大常猛點頭附和。

「是啊，看來你也注意到了。」殷檣杋對考大常看上去漫不經心，卻意外敏銳的觀察力不禁感到驚奇。

苑杏高中認為學生除了課業外也應有休閒活動，特別注重學校社團，卻不如其他同樣為大學校的社團繁多，但也因如此，每個社團都有一定規模和資源，沒有明顯的大小社。

「嘿嘿，這是自然，很明顯就能看出來的。」考大常搔了搔頭，「啊，你還有要逛的嗎？因為我有別的朋友在等我。」

「正巧，我也還要去陪我朋友。」殷檣杋瞥了眼腕上的手錶，「不然就先到這吧，你趕快去找你朋友，等會宿舍見。」

「好啊，那我先走了，掰！」

甫與考大常道別，正要往人群中搜索白湘菓身影的殷檣杋，才踏出步伐便被人輕扯了回來。視線循受力之處看去，便見白湘菓不知何時來到他身側，迷濛的眼神隨著人群的推擠頓時多了些畏懼，緊揪著他的衣擺不放。
見狀，殷楀杋立刻就領著白湘菓到人煙較稀少的空地。
找了個長椅坐下，白湘菓才放鬆繃著的身子，打開水瓶啜了幾口。
殷楀杋面向白湘菓，手指習慣性地將她因流汗而黏在額上的髮絲梳開，「怎麼，剛看妳旁邊有個女生走一起，是交到新朋友了嗎？」
白湘菓吞下水，搖了搖首，「不是啦，那是我之前跟你說過的江思，暑假學舞認識的那個，我們同班。」
「同班？這麼巧？」殷楀杋不假思索地回道。他是知道這個人的，畢竟那可以說是白湘菓那階段他以外唯一的朋友。
「對呀，我也是剛剛她來找我才知道的。」白湘菓說道，指了指前方在舞台上表演的社團，「我們一起去看了社團，發現苑杏光是有跳舞性質的社團就有三個耶。」
殷楀杋略帶訝異地問：「三個？這麼多啊？」
白湘菓數著手指，「是啊，我也覺得很多。有嘻哈研究社、熱舞社跟漾舞社。」
嘻哈研究社，簡稱嘻研，舞風主要為Hip Hop，其餘還有Freestyle、Urban等，風格街頭青春；漾舞社舞風則是New Jazz，整體風格性感嫵媚；熱舞社則沒有限制，Locking、New Jazz和韓舞皆有，多種混合。
看完白湘菓遞來的三社風格介紹，殷楀杋肯定地笑說：「讓我猜猜，妳會想加熱舞社對吧？」

白湘菓瞳孔顫動，杏眼正睜得圓圓的，「你怎麼知道！」

著實被白湘菓傻愣的反應萌到，殷檣杋笑彎了眼，輕敲了她的頭，「了解妳呀。」

她嚇傻的模樣真的很像貓咪。

而這完完全全中了殷檣杋的取向。

「那也太了解了，我什麼話都還沒說耶。」白湘菓撇過臉，嘛起嘴嘟囔，顯然為殷檣杋的瞭若指掌感到不滿。

他汗顏，白湘菓這是又對他鬧小脾氣了？

§

費了點心思安撫好炸毛的小貓……喔不，是白湘菓，殷檣杋才吁了口氣。

「妳要不要說說為什麼是熱舞？」見白湘菓狐疑地看著自己，殷檣杋連忙補充道：「我只是覺得妳會加熱舞，但並不清楚妳實際的想法啦。」

「我和江思想了一下，都決定要加入熱舞社，雖然那裡的人聽說很少，而且也不像其他兩個有一致明確的風格，但剛看了下表演，我覺得並不比另兩個差。」白湘菓也不是真生氣，鬧了小脾氣一會便恢復一貫的慵懶，「而且呀，熱舞沒有學姊制。」

殷檣杋挑起眉宇，「竟然沒有？我記得這種性質的社團，都有很重的學長姊制。」

「真的沒有，我聽到的時候也很驚訝，不過聽說漾舞跟熱舞差很多，這部分就非常嚴了。」白湘菓聳肩，「本來看到舞風是New Jazz想選漾舞的，但聽到這點就……完全把我打回去，喔對，漾舞還要徵選過才能進去呢。反正熱舞也有那舞風，而且更多可以學，又沒徵選，多好呀。」

「懶懶顧慮很多，比我想像中的還精明呢。」殷楀杋揚起讚賞的微笑。

「當然，我又不是全像你看到的那樣沒用。」這笑容對此時的白湘菓顯得格外刺眼，知曉殷楀杋仗著她不會一天內鬧兩次脾氣在捉弄，她僅白了他一眼，「那你想選哪社？」

她知道殷楀杋此話的弦外之音，但慵懶如她，這才不足以讓她有情緒呢。

「籃球，學校還有室內體育館，看上去真的挺不錯的。」殷楀杋提起籃球社便會思及考大常，那搞笑的名字讓他一時沒忍住笑，「呵，講到這個，我今天交了個新朋友，挺有趣的，有空介紹給妳認識。」

「籃球呀，很好欸！」白湘菓欣喜道，她很喜歡看殷楀杋打球，那對她而言是種小確幸。

「新朋友？也太快就交到了吧。」

「嗯，還真挺快的。雖然我知道妳怕生，但你們真的要認識一下。」畢竟名字上有挺妙的緣分啊。

「是噢。」白湘菓對交友不感興趣，索性開啟別的話題，「我宿舍不是抽到兩人房嗎？然後經過這禮拜的相處後，我覺得她人好好，而且溫柔體貼，像媽媽，也像你呢，呵呵。」

「像媽媽，又像我？」殷檈杋無語，「這是在間接指我很婆婆媽媽嗎？」

「啊，被發現了。」白湘菓無辜地眨了眨水眸，「可你有時候真的挺像呀，很囉嗦。」

「那也是妳自找的，檈松從來就不需要我這麼操心，他都能自己打理地妥妥貼貼的。」

「是是是，檈松最優秀了。唉，聽你說我們的差別時，還真的是個媽媽口吻啊。」白湘菓覺得她應該是被江思多少影響了，才會敢這般吐槽殷檈杋。

殷檈杋聽到自己的細心呵護被白湘菓嫌棄，寒心地沉聲道：「再嫌我就放生妳。」

「喔……好啦，不要啦，這樣我會活不下去！」殷檈杋原先對白湘菓的求饒還感到幾分欣慰，下秒便在她眼底捕捉到閃過的狡黠，「你以為我會這麼求你嗎？才不，我現在有室友罩著呢！有什麼事找你才來不及，好嗎？」

他這是被白湘菓反將一軍了？

彷彿被一桶冰塊倒在頭上，殷檈杋拾起千瘡百孔的心，逕自起身作勢要離去。

見自己開的玩笑讓殷檈杋心靈受創，白湘菓非但沒有擔心，還十分雀躍地蹦跳跳到他面前，笑容甜滋滋的，「好嘛，別這樣，我剛說的都是玩笑話。」

溫煦一掃而去，俊顏透著幾許淡漠，「知道，要是當真，反應就不會是這樣了。」

「嘻嘻，知道就好。」白湘菓笑吟吟地仰頭望著殷檈杋無奈的臉，嗓音輕輕柔柔地，說：「你知道的呀，沒人能取代你的溫柔。」

在笑眼和奶音的雙重夾擊下，白湘菓說的這番話使他的心泛起一絲漣漪。

不，何止漣漪，是完全的取向狙擊啊。

更不用說白湘菓本就讓他很喜歡了。

繞過白湘菓，他那佯裝泰然自若的面容下，手卻捂著胸口阻攔隨時會迸發的情愫。

誤以為殷楀枂此舉是示意他的心受傷了，白湘菓又想貼上前，見狀，他趕忙伸手擋住，在她開口前早一步遏止。

他投以個無懈可擊的微笑，「我沒事，真的。」別，再來他可受不住。

「是嗎？」即便朝夕相處，白湘菓有時還是捉不透殷楀枂的心思，「也好，你沒往心裡去就好。好累啊，我想先回宿舍睡午覺了。」

沒睡好的她，無暇揣測殷楀枂的心緒，只是懶懶地打了個呵欠，雙眼無神地覷著他。

殷楀枂揉了揉白湘菓的頭髮，眼底盈滿寵溺，「嗯，很累就快回去睡吧。」

「好，掰掰。」

目送白湘菓走回女宿，殷楀枂才放下懸著的心，低頭長嘆。

骨節分明的手扶上額，他搖首，「唉，太難了。」

暗戀什麼的，太困難了。

殷楀枂自國二察覺自己對白湘菓的心意後，他便得出這結論了。

修長的雙腿跨出步伐，他將紊亂的思緒暫且撇至一旁，走上男宿來到三樓。轉過彎，一顆熟悉的平頭驀然晃到眼前，他連忙停下。

殷楀杋略受驚嚇看著來人，「你怎麼在這？」

考大常笑嘻嘻地，「因為我剛就站在這看著啊，看到你上來就馬上跑過來啦。」

「……你剛看了些什麼？」對考大常燦爛的笑容感到幾分不懷好意，殷楀杋下意識迴避，繼續走向寢室。

考大常跟了上去，語調愉悅：「看完了楀杋兄被一個妹子調戲的過程呀。」

「別腦補。」關上房門，殷楀杋無奈地抬眸，對上考大常探究的目光，輕輕嘆息，「想問什麼就說吧。」

「你倆看起來關係不尋常呢。」

「從小一起長大，很正常。」

「喔？所以是青梅竹馬嘍！也太太太太浪漫了吧！」考大常眼睛發亮，激動地抓住殷楀杋的手，「那是什麼小說才會有的情節啊！」

殷楀杋愣愣地任由考大常搖晃著自己，正想澄清，他便接著說道：「我跟你說啊楀杋兄，通常這時候，小說都會寫男女主有一方暗戀對方什麼的，我本來想，你這麼帥應該是她喜歡你才對，結果一看你們的互動我又覺得是你暗戀了！」

考大常一股腦兒地說出一長串「心得」，惹得殷楀杋又好氣又好笑的。

這人怎麼跟白沐爾那麼相似，都喜歡憑互動胡亂猜想他倆，再下一番結論，然後從此就認為那便是真相呢？

殷樀杋無語地心想。

雖然前者跟他今天才認識，可說的每句話卻像損友般帶有調侃意味。

或許，真如考大常說的一樣，他們早就認識了也說不定？

見殷樀杋似乎想用沉默回應自己，考大常只好使出激將法，「樀杋兄啊，不說話是默認了嗎？」

殷樀杋已經不知道今天是第幾次嘆氣了，「沒有，你多想了。」

「啊？竟然沒有嗎？」考大常惋惜地說道，拍了拍殷樀杋的肩，「沒事啦，還是你其實不喜歡女生？那要不要考慮暗戀我？我很美味的。」

……他到底聽了些什麼？

這人怎麼從來找自己講話那刻起就這麼不按牌理出牌？

第四章

社團博覽會後，校網開放選填社團志願，幾天後結果公布，白湘菓和江思均順利進了熱舞社。除了她們二人，楚于嫺同樣選了熱舞，白湘菓也是在那時才知道楚于嫺竟從小在舞蹈學院學舞，家裡更是有舞蹈背景的。

雖有些意外，但她們還是挺高興的。

今天是開學至今首堂社團課，學校將社課安排在禮拜一，與班會輪替兩週一次，每次都是兩節連堂課。

「其實呀，我本來看舞風是要選嘻研的。」三人坐在一塊，等候著幹部點名，楚于嫺看著忙進忙出的學姊們，說道：「但因為我哥之前參加社團時，被學長姊制搞得很苦，我對有這種制度的很排斥，就乾脆選熱舞了。」

白湘菓杏眼圓睜，「咦，沒想到嫺跟我一樣呢。」

「看不出來于嫺的舞風是嘻研的，無法想像欸。」江思和楚于嫺都是外向的人，很快便混熟了，「我以為妳是走柔美路線。」

「噗，柔美嗎？也是有啦，我所有風格都行，但最喜歡的還是Hip Hop跟Locking。」楚于嫺被江思一臉不可置信的模樣給逗笑，幽幽地說：「單看外表常會出錯的啊。像我對妳的初印象可是可愛喔，但妳一開口就破功了，有夠愛吐槽的。」

「我那是實話實說好嗎。」江思沒好氣地翻了個白眼，「我也只有對朋友才這樣，而且對女生我最多只會吐槽，臭男生就是一言不合直接開嗆啦。」

白湘菓撫了下雙臂，「……還好我是女生。」

在她們談話的同時，幹部們也點完名準備就緒，社長站到了中央，清了清喉嚨，扯著清亮的嗓喊道：「妳們好呀學妹們，我是熱舞社長。」

「抱歉啊，讓妳們坐在這沒冷氣又得聽我不靠麥克風講話。」社長邊懷抱歉意地說道，邊環顧四周，「其實我們原本不是在穿堂練舞的，我們本來是有一個小教室，有冷氣吹，還有整片的鏡子，音響設備什麼都俱備的，但今年漾舞爆社，理所當然地，我們的場地被他們拿去用了。」

社長低頭看著乖巧坐成一排的新社員，不禁垂眸嘆息。僅僅十人，加六名幹部也不過十六人，遠遠比不上光是學員就有三四十個的漾舞和嘻研，更創了歷年新低，成為規模最小的社團。

「我先講一下大家最好奇的社團運作跟活動好了。」社長將手中的小冊子翻過一頁，「因為各校舞展近幾年都只有邀請嘻研跟漾舞，所以我們這一整年的活動只有期末晚會跟下學期的校慶而已。平常基本上就是社課慢慢學舞，快到表演時才會加練，到時視情況決定午休還是放學。」

由於苑杏的操場在重整，今年的校慶延至下學期，耶誕晚會也順勢取消了，只剩下上學期末的晚會。

「然後呀，我們沒有什麼嚴格的社規，更沒有出名的學姊制。我們歷屆的作風都挺佛系的，也相信大家都是喜歡跳舞才進來，沒參與練習基本上都能體諒的，畢竟高中真的滿忙的。」

第一節社課便在宣布事情下過去了，第二節是幹部們為了彼此初次見面特別準備的破冰，就是簡單常見的遊戲融入舞蹈相關的問答。

因為熱舞也會表演韓團舞蹈，所以也添加了一些韓舞的問題在裡頭，無論難易度，江思都迅速搶答正確的答案，讓同組的白湘菓和楚于嫺很是驚奇。

「思，妳怎麼那麼每題都答這麼快，還都對的答案啊？」下課時，和楚于嫺道別後，她們拿著獲勝組應有的獎品走回班級，白湘菓好奇地問道。

「因為我很喜歡韓舞，有關注啊，當然很了解。」江思不以為然地解釋：「而且我是個很喜歡玩遊戲，勝負欲又強的人吶。」

「對喔，我都忘了之前上舞蹈課時，中堂休息妳都在玩手遊。」

白湘菓還依悉記得她那時看到江思專注於手遊時，那場景有多違和。

單看外表，真會以為她是個喜歡打扮自己，滑手機也都是在逛網拍的一般女生，但江思並不，她除了是個不折不扣的購物狂，還是個常待在家玩各種遊戲的宅女。

「是啊，遊戲可是我第二生命呢。」江思點頭，亮出手機的遊戲畫面搖了搖，同時也注意到朝她倆走近的兩人，其中一名身形瘦長的少年，俊俏的臉看上去有些熟悉，「湘菓，那是不是妳朋友？」

「誰？」正在螢幕上隨意點了幾下的白湘菓納悶地抬頭，見殷櫁杋揚著溫雅的笑容緩緩走來，身旁跟著她沒見過的少年，「啊，是，但另一個我不認識，應該是他交的新朋友吧。」

「上完社課了，好玩嗎？」殷楀杋丟了個問題給白湘菓，隨後向江思輕輕頷首，「妳好，我是殷楀杋，她朋友。妳應該就是江思？」

「沒想到湘菓說過我啊。」江思接過白湘菓遞回來的手機，稍稍打量了殷楀杋，他本人竟比她當初在照片上看到的樣子還好看，「你好啊，我知道你，傳說中的青梅竹馬嘛。」

「哪有傳說中這麼誇張，楀杋你別聽她亂講。」白湘菓被江思的話搞得怪不好意思地，趕忙回答方才的問題，「好玩是還好啦……我對玩遊戲一向沒什麼興致，但社內氣氛感覺挺和諧的。」

「咦，妳會玩這遊戲？」考大常的目光被江思手中的遊戲畫面給吸引，感到新奇地驚呼：「而且看那畫面是高階玩家才能玩的副本欸，這麼強的嗎！」

江思被考大常忽地喊這一聲給嚇著，「……我會玩，你沒看錯，那的確是高階副本。」

「真假啊？能讓我看看妳幾等嗎？看能不能帶我一起玩，哈哈哈。」

「不要，我幾等干你屁事。」江思神情冷酷，直言不諱地拒絕，「我連你叫什麼都不知道，完全不熟，誰知道你在打什麼居心？」

頭一次看到江思這般對人的白湘菓愣住，不知該如何是好，「呃，思……」

「大常，你嚇到她們了。」殷楀杋嘆息，對考大常的大剌剌和不按理出牌感到無奈，「抱歉，他是我朋友，考大常，剛忘記先介紹了。」

「沒事啦，江思本來就比較直來直往。不過，樀杋你剛說你朋友叫什麼？大腸？」白湘菓汗顏，她有聽錯嗎？

「沒錯滴，我叫考大常，考試的考，大小的大，常見的常，是本名喔。」怕兩人不相信，考大常掏出夾在手機殼中的學生證，「自己看唄，我可沒說笑啊。」

「……還真的叫這名字。」白湘菓眼角抽了抽，「我以為我的名字已經很稀奇了。順便說，我叫白湘菓，白色的白，水部湘，和菓子的菓。」

白湘菓恍然明白，為什麼殷樀杋說他們一定要認識了。

這根本是……食物名大會吧。

「考大常？俗但很特別啊，跟我的差不多。」江思覺得考大常的名字挺有趣的，忍不住笑了，但嘴上仍不留情地揶揄：「套在你這人身上挺合適的啊，一樣奇怪。」

§

回到寢室，白湘菓漱洗完畢，爬上床躺下，和楚于嫺分享中午的趣事。

說到江思的回覆時，埋首於書桌的楚于嫺詫異地抬頭，「啊？江思真這樣回他啊？」

「嗯啊，事後她還跟我說她那樣講沒什麼，她已經很客氣了。」白湘菓拉起棉被蓋上，闔上眼懶懶地回道。

「唉，這樣哪有客氣。她怎麼能對男生講話這麼嗆啊？還是第一次見面的人呢。」見白湘菓整個人蜷縮在被窩，楚于嫺纖長的手一伸，撈過冷氣遙控器，將溫度調高了一度。

「謝謝嫺，好冷呢。」白湘菓在手機屏幕上輕點幾下，在和江思的對話框送出一張貼圖，「思說她現在過來，妳可以直接問她，呵呵。」

「她要過來？」尾音方落，敲門聲便傳來，「啊，來啦。」

打開房門，頭包著毛巾，素著一張臉的江思連招呼都懶得打，便忿忿地走進房。

「妳怎麼沒把頭髮吹乾才過來啊，我們這可開著冷氣呢。」楚于嫺碎念著，把吹風機遞到江思面前，「拿去吧。」

「謝啦。」把吹風機暫且擱置一旁，江思放下濕漉漉的長髮擦拭，面無表情地說道：「我也不想這麼狼狽地過來，多可憐啊。但我實在受不了我室友，便過來蹭溫暖了。」

「室友？妳不是兩人房嗎？」白湘菓乍看雖處於休眠模式，但沒漏聽半句話的她，探出頭疑惑地問道。

她記得江思是第一間寢室，所以也是兩人房。

「我是啊，不過那跟室友好壞沒關聯。我那室友啊，她叫什麼名字我還真忘記了，啊隨便那不是重點，我要講的是！」江思愈說愈激動，大力拍了下桌面，惹得上頭的白湘菓一顫，「我因為生理期來的關係，而且今天又是第二天，量很多，所以洗澡比較慢，但也慢不到哪去。結果妳知道嗎！剛剛她竟然一臉不爽地質問我為什麼洗這麼久，她等到花兒都謝了這種鬼話！」

接連幾個重音使白湘菓和楚于嫺聽得身子緊繃，不過正在氣頭上的江思顯然沒察覺，繼續連珠砲似地罵：「她好意思說等到花兒都謝了這種鬼話？拜託，平常我都讓她先洗，結果她沒有一次洗少於一個小時的！真的很誇張，我完全不懂為什麼有人可以洗這麼久，我不管有沒有洗頭都是十五分鐘就出來了，今天也是多花個五分鐘洗內褲而已，她叫屁啊！」

聽完江思一番氣話，她倆深有同感。

白湘菓和楚于嫺都不是會在洗澡上花很多時間的人，前者是認為洗澡很麻煩，只想趕快出來躺床，後者則覺得有更多瑣事要忙，不想耽誤。

「如果是我，應該也會覺得莫名其妙，平常都沒說她洗澡慢了。」楚于嫺雖不如江思易怒，但也是有原則的，她安慰地撫了撫江思的肩，「唉，要是我也會生氣。別氣了，趕緊吹頭髮吧。」

江思冷哼一聲，走到一旁插上插頭吹起長髮。

不久，吹乾半濕的頭髮，江思坐回白湘菓的書桌，邊以圓梳梳整著髮絲，邊朝上頭的白湘菓問道：「我們湘菓是在睡覺嗎？」

白湘菓揉了揉發痠的眼睛，「沒有，我是想睡而已，但還醒著。」

「那就好，妳聽完我剛說的那些，有何感想？」

「就……沒什麼感覺，我是不會生氣，頂多解釋原因而已吧。」白湘菓自從國中後就沒真正動氣過了，自然地不覺這事有哪裡值得她有情緒。

「哎呀，真是，差點就忘了妳是個好脾氣的人了，問妳不準。」江思咋舌，心煩地打開手遊。

「我才不是好脾氣呢，只是懶得理。」白湘菓嘀咕著，抱著棉被翻過身。她從不認為自己跟「好脾氣」能沾上邊，她只是不想對任何事產生過多見解，進而就懶得有脾氣了。

白湘菓只覺殷楀杋是個好脾氣的最佳典範，跟他相處十幾年，未曾見過他發怒。

「嗯？那該死的大常竟然跑來加我遊戲好友？他怎找到的？」見遊戲中的好友邀請欄位有一則通知，江思沒多想地點開，便看到「台灣小吃烤大腸很美味申請成為好友」的系統通知。

那遊戲名一看便知是誰，江思雖感到好笑，可仍不解自己的遊戲角色為何被考大常給找到了？她可不記得有給他名字啊。

「奇怪，中午對他那樣講話，他沒被嚇到也沒反感嗎？」江思納悶地低語，「算了，既然他不介意，還這麼費心思找我的遊戲號，就加吧。」

楚于嫺俯身看了頁面上的帳號，「台灣小吃烤大腸很美味？他真的很懂把自己的名字搞得很好笑欸。」

江思搖首，無語地單手扶著額，「考大常，唉，這人怎麼感覺大腦建構跟一般人不同？」

「噗，有沒有這麼誇張。是說妳中午那樣講話也太絕了吧？」

江思聳聳肩，接受了考大常的交友要求，並同意了他送來的組隊邀請，「還好吧？嗯……我對男生一直都是那樣，要不冷冰冰，要不就講話很直接。」

進入群組備戰空間後，考大常慫恿江思打開語音，說是方便打遊戲，她半信半疑地按下通話鍵，考大常活力充沛的叫聲隨即傳來。
「啊啊啊，是江思大姊！先跟妳道個歉啊，中午我只是一時太興奮而已，沒有別的意思的，妳要相信大常我的清白——」
沒預料到考大常的一連串喊聲，江思趕緊按了幾下音源縮小鍵，深怕吵著上頭的白湘菓，「沒事，你別這麼躁。」
白湘菓從方才便沒見動靜，江思這次沒再出聲喚她，知道她是真睡著了。
「喔，抱歉，我一時忘了時間已經很晚了。」同時間被身旁的殷檎杋制止的考大常，歉疚地降低音量。半晌，話癆的他，又不自覺開啟了新的話題，「薑絲很辣？這名還真符合妳的形象啊大姊！」
「你給我閉嘴。」念及時候已晚，白湘菓早已安穩地進入夢鄉，江思低斥：「再吵就把你給烤了，還焦的那種。」
「大常，你就別再激江思了，好好把這場玩完，就結束吧，免得吵到其他人。」殷檎杋無可奈何地勸道。
從剛沒聽到白湘菓出聲，也沒見她回訊息，再看看已到了她固定上床睡覺的時間點，他便確定白湘菓大概是睡了。
「是啊，湘菓已經睡了呢。」楚于嫺點頭，打了個呵欠。
「就知道檎杋兄是怕吵到可愛的白湘菓才這樣說。真是的，你這麼關心她，我好難受啊……

嗚嗚。」

才剛覺得殷樢杋了解白湘菓的程度有點意思，江思這會聽了考大常充滿戲劇性的控訴，柳眉蹙得更緊了。

「你能不能別這麼……娘？我都覺得用娘炮來形容你很不值得欸，你管人家殷樢杋要關心誰啊？」

§

由於各校聯合舞展並未邀請苑杏熱舞，她們只需緩慢地討論期末晚會的表演，時間上很寬裕，團練僅一週一次。

今天的團練主要是決定表演的項目，討論到一半時，社長和教學拉了楚于嫺和白湘菓到一旁，兩人雖滿頭疑惑，可仍乖巧地跟上去。

「我們特地把妳們兩個叫出來，是想妳們在末晚的表演上站C位領舞的位置。」社長見兩人不知所措，率先解釋。

教學也接著笑盈盈地讚美道：「妳們跳得很好呦。」

主辦此次晚會的是學生會，他們趕在活動前兩個月發佈粗略的流程表，扣掉學生會的開場，其餘皆為社團表演，每個時限五分鐘，每社團至多報名兩個表演。

熱舞社人少，往年都只有一個表演，且幹部和學員都會上台。她們將表演切成一半，從舞風上大致上分為Locking和New Jazz，練習時也都以分組練習為主。

社長親切地拍了拍楚于嫺緊繃的肩，「放心啦，不用太緊張，三十秒的開場一樣是由我們幹部跳，後續就交給妳們兩個領舞了。」

「還是會有隊形變換、走位什麼的，但群舞的部分就是妳倆站中間，也剛好妳們跳的風格不同，不會撞到。」教學手持著畫有編舞隊形的紙，將其轉個方向，移到她們面前，認真地講解：「妳看，就這幾個部分是妳們站C位而已。」

「呃……為什麼學姊會選我們兩個？」楚于嫺拉回飄遠的思緒，怔怔地問。

「很意外嗎？」見兩人毫不遲疑地點頭，社長輕輕笑了，「其實很早我們就有這想法了。妳們兩個實力挺出色的，相較於其他人，我覺得更能在眾多人中一眼就看見妳們。」

楚于嫺因自幼便在家裡經營的舞蹈學院學舞，舞蹈底子深厚，許多帶有技巧的動作都能游刃有餘，跳舞也力量感十足；而國中在熱舞社學習兩年的白湘菓，有天賦的加持，將在課業上的優秀學習力發揮到跳舞，如今的舞技已相當純熟。

「別想太多，我覺得妳們都是專為舞台而生的人。」社長語氣真摯地說：「剛開始還沒看妳們跳舞時，只覺得妳們就跟一般人差不多，只是因為對跳舞有興趣所以進來學。沒想到開始練習後，我發現妳們學舞很快，在對動作時都不需要盯妳們，而且愈來愈覺得妳們真的跳得很好。」

「可能妳們聽社長那種會說話的人講這些會覺得客套，但我完全不是那種人，所以不用懷疑。」平時對動作要求嚴苛的教學，犀利的眼睛此刻也柔和許多，「就如社長剛說的那樣，妳們跳舞時就像不同人似的，特別是湘菓，我好像很少看妳說話，平時很低調，但跳舞時卻特別突出，連眼神也不太一樣了。」

聽到幹部們的一番評論，白湘菓無神的雙眼頓時多了點生氣，平靜的心也泛起一絲波瀾。

她是第一次聽見有人這樣稱讚自己跳舞，連國中的社師當時也僅說舞感很好而已，這樣詳細地敘述觀察到的模樣，她又驚又喜。

好似她的能力受到了很大的肯定。

「好啦，希望妳們聽完有理解我們為什麼選妳們，趕快回去吧，等會還要實際練習呢。」

她們回到原先位置，社長便將方才的決議告訴其餘學員，然後讓白湘菓和楚于嫺到中心位置站定，剩餘的人則依舞風到該組按隊形排好。

音樂一下，雖是初次以此隊形跳舞，可各個卻像是訓練多次般有模有樣。

看著鏡中的倒影，楚于嫺和白湘菓擔任領舞著實適合，除了精湛的舞姿完美地領導所有人，出眾外貌和高於他人的身高也讓整體畫面更加和諧。

大夥兒平時一起練習，自然是知道彼此跳舞實力的，方才看了兩人領舞的模樣，眾人皆無異議，期末晚會的表演就這樣定了。

「非常好，那今天就先練到這！期末考完當天晚上就是晚會，再幾個禮拜就到了，但因為進度差不多，就不會再另外加練了，也讓大家好好準備段考，不過也別忘記動作跟走位啊。」社長和教學在旁監督著，見成果比想像中還好，開心地拍手，「回去記得看群組訊息，這幾天會把表演服裝定好給大家投票，好，散會！」

今日練習是利用假日，散會後各自都成群朝女宿走去，唯獨白湘菓三人往不同方向的體育館前進。

下午是籃球社和外校的友誼賽，雖然沒特別宣傳，但體育館外頭還是圍繞了不少人。

她們先到外頭的販賣機投了幾瓶運動飲料，江思將其拋給兩人，搖首碎念著：「剛聽到是妳們倆站C位我突然就放心了，要是讓其他人帶喔……嘖嘖，不敢想像。」

「妳真是，講得別人跳得很差一樣。」楚于嫺食指推了下江思的額頭，拿她沒辦法。

「這是真的啊，我才沒說錯呢。」江思被冤枉似地吐了吐舌，「妳倆真的跳很好。」

江思會這麼說也是有原因的，C位，也就是所謂的Center簡稱，普遍是指群舞中心，而領舞的人要是能帶得好，整體視覺感受會平衡好看很多。

白湘菓嘴含著瓶口處，呆呆地說：「我完全沒想過是我，有猜到會是嫺，因為她真的跳得特別好，但沒想到學姊也說我跳得很出色……」

江思不以為然地聳肩，「我覺得不意外欸，看也知道。」

白湘菓偏了偏頭，「可是我有想過另一組會不會是妳帶舞欸。」

江思又不認同地搖頭，「妳想多了，New Jazz跟我擅長的還是有差異在的好嗎？」

「好啦，別講那些，反正我們好好做就好。比賽看起來快開始了，我們快進去吧。」楚于嫺從門外瞥見裡頭的球員已經在球場上熱身，趕緊催促兩人進去。

此話一出，隨即拉走白湘菓的注意力，她滿心期待地踏著雀躍的步伐走到觀眾席，找到個視線絕佳的位置後便迅速坐下，不停伸長脖子觀望場上。

知曉白湘菓在找尋著什麼，江思忍不住調侃道：「我們湘菓很開心啊，竟然一副充滿活力的樣子，我這是上輩子燒了好香才有幸看到吧。」

白湘菓也不覺害臊，眉眼盡是笑意，「能看樢杋打球，當然開心。」

她一直覺得沒有什麼事能難倒殷樢杋，所有事情到他身上，他都能不負眾望地將它做到最好。他就是個完美地無可挑剔的人。

§

場外的觀眾席大都是男生，是來看比賽的，不過還是有少許如白湘菓她們單純為了看特定人物才來。

江思環顧四周，吁了一口氣，「還好今天剛好是各校舞展，漾舞跟嘻研那些人不在，不然不知道場外會多吵，充斥著各種迷妹叫聲。」

楚于嫺眼睛雖沒離開球場，可仍反問著江思：「跟他們有甚麼關係嗎？」

「漾舞那些人挺喜歡殷樢杋的。」江思無趣地掏出手機，漫無目的地滑著，「還記得我那機車室友嗎？我前陣子才知道她是漾舞的，一時興起去找她的Instagram，她帳號是公開的，我就皺著眉很快地看完貼文了，發現底下的留言常講到殷樢杋，而且還是一些愛慕他的話。」

「公開帳還敢直接講？她也是很大膽。」楚于嫺略微詫異地看向江思，「但我能理解為什麼會是殷楀杋的粉絲，人長得帥，溫文儒雅的形象塑立地好，成績名列前茅，誰不喜歡？」

「是啊，聽說他還被封為苑杏的校草嗎？學校論壇上很多文章都有他，說是這幾屆顏值最高的人。」江思不在意地擺了擺手，「是挺帥的啦，五官長得很精緻，整個人也很完美，但我覺得帥哥就是欣賞用，幹嘛對他到這麼狂熱啊。」

「誰知道，可能真的帥到沒天理？不然我們來問看了十幾年的湘菓好了。」楚于嫺也無法理解，索性晃了晃白湘菓的身體，試圖招引她專注於場上的心緒，「湘菓啊，我問妳喔，妳看了這麼久還覺得殷楀杋很帥嗎？」

「啊？」白湘菓怔怔地轉過頭，「呃，我不知道該怎麼說，他的好看是有隨時間進化的，國中的他是娃娃臉，現在比較帥。」

聞言，兩人又望向場上的殷楀杋，雖汗水淋漓，看上去有些狼狽，可絲毫不減他的帥氣，這讓她們更懵了。

娃娃臉？進化？

她們怎覺得兩者的好看程度是差不多的？

「好像跟沒問一樣啊。」看白湘菓又將臉撇回去，全神貫注於場上，楚于嫺無奈地嘆息，「唉，算了，別打擾她。」

場上的兩隊實力不分軒輊，比數很近，進攻節奏也愈加快速。

「嗯，雖然我不懂籃球，但我怎麼看就覺得考大常……是不是有點打太急了？」江思不確定地問道。

「好像是，連楀枫看起來也跟他配合得很吃力。」白湘菓點頭，同樣對籃球不了解的她，看過數次殷楀枫打球，還是稍稍看出些不協調，「楀枫習慣穩穩地打。」

籃球社人不少，但要讓所有人都能上場還是綽綽有餘，更不用說是球技好的殷楀枫和考大常了，整整上了兩節，堪比幹部的節次了。

不過，考大常雖打得好，但節奏上卻明顯比隊友快上許多。

楚于嫺喃喃道：「不知道最後會是誰贏呢。」

球場上，籃球社社師也注意到打得有些慌亂，便和記錄台喊了換人，把考大常給換了下來。

雖被替換下場，考大常仍不覺難堪地揚著笑，「抱歉啊，剛剛有點太衝了。」

社師也沒責怪，「沒事，你打得還是挺好的，下來休息也好。」

考大常下場後，比賽也在幾分鐘後結束了，苑杏靠殷楀枫的最後一球外線險勝兩分。

「結束了呢，我們下去吧。」見兩隊已在場中鞠躬，白湘菓站起身，「我要去找楀枫，妳們要一起嗎？」

楚于嫺拉著江思到另一頭，「我們在外面等妳吧。」

「好。啊，我先跟妳們出去，我要去買飲料。」

白湘菓隨兩人走出體育館，到販賣機前投了瓶運動飲料，正要跑到球場拿給殷楀枫時，被江思連忙拉住。

「等等，我有看錯嗎？」江思水靈靈的眸子瞪得大大的，「那是漾舞欸！什麼時候來的我怎麼都沒看到？」

「好像另一邊還有門。」楚于嫺抬了抬下巴，示意後方還有小門，「應該是從那進來的吧。」

「她們怎麼了嗎？」方才沒將兩人的對話聽進耳裡的白湘菓，有些懵然地眨了眨眼。

「啊，妳剛沒聽到。我室友是漾舞的，就那個走在最前面的那位。」江思指著的領頭少女，身穿黑色細肩背心，外頭僅披著件單薄的襯衫，下半身則是高腰短白色破褲，「那是表演服喔？她們一群人都穿得差不多，不知道為什麼同樣的背心在她身上就特別暴露，是去表演還是賣肉？不懂。」

白湘菓對江思的敢言早已習慣了，沒太大反應，只是淡淡地笑說：「思，妳嘴巴真的沒在客氣欸。」

她將那人全身大略看了下，也和江思想法相同，穿著實在是有點……超齡。

楚于嫺目光緊盯著漾舞社的動向，正往籃球社走去，提醒前方的白湘菓：「湘菓，妳等漾舞的人離開再去找吧，免得惹事。」

「我也是這麼想。」白湘菓知曉殷槅杋受人歡迎，要是現在過去鐵定引發眾人譁然，不喜受關注的她，和楚于嫺兩人一同退到一旁。

不出楚于嫺所料，漾舞社一行人果真跑到殷樢枫等人的面前嚷嚷。當她們以為殷樢枫會被纏得沒完沒了時，考大常卻站到殷樢枫面前，笑哈哈地說了幾句話，便拽著他的手從容地穿出人群，來到她們面前。

「啊，還是這裡空氣比較清新。」考大常臉上掛著愉悅的笑，「還好我早有心理準備，看到那群女的走過來就知道大事不妙，一定是因為我們樢枫兄太帥而來的。」

殷樢枫似乎還未從突然被包圍的驚嚇情緒脫離，將微濕的頭髮用手撥整上去，「謝謝你，大常。」

「你很厲害，沒有你，樢枫現在大概還不知道該怎麼脫困吧。」白湘菓將懷中飲料遞給殷樢枫，「喏，這給你喝。」

殷樢枫嘴角擒著淺笑，「謝謝。」

江思乾脆地忽略甜蜜對視的兩人，轉而拍了拍考大常，「你兄弟很夯，漾舞那些人不知道會瘋狂到什麼程度，殷樢枫的生死就掌握在你手中了。」

「聽起來好像我是護法啊，不過還挺樂意的，嘿嘿，我會幫樢枫兄排除萬難！」說這話時，考大常還中二地比了個手勢。

語畢，殷樢枫撇過頭，望向漾舞社等人所站之處，黑眸微微瞇起，若有所思地抿起唇。

§

段考完便是大掃除和休業式，時間有限的緣故，學校沒多說話便把時間交給學生會準備晚會了。

因操場在施工壓縮到空間，所以今年沒開放外校人士進來，表演只剩下音樂和舞蹈性質社團參加。

表演順序是學生會排定的，熱音社開場，漾舞社最後，這是苑杏歷年來不變的定律。

白湘菓慵懶地打了個呵欠，一直維持同個姿勢不動，讓她雖坐著卻消耗不少精力，「我們是第幾個表演？」

「我們在漾舞前面，倒數第二。」江思將白湘菓低下的頭抬起，「妳別動啦，這樣我很難幫妳化妝。」

「好啦。」白湘菓妥協，乖乖地坐直身子任江思打造。

她們在玄關的長椅上準備待會的表演，不會化妝的白湘菓本想換上表演服後就這樣上台，可對打扮很注重的江思怎可能放過她，自告奮勇要幫她打造。

楚于嫺紮了個高馬尾，平時的淡妝此時多了眼妝，更顯五官的深邃；江思也早早就上了全妝，精靈般的小巧臉蛋格外精緻。

「我看妳們三個應該是熱舞最漂亮的女生吧，剛剛走過來有遇到其他熱舞的，都沒妳們好看。」考大常不懂這些，在旁看著無趣，索性開啟話題。

楚于嫺輕笑，「是嗎？真是謝謝你啊，但我覺得最漂亮的是湘菓，是那種越看越好看的長相。」說完，還轉過身看向後方的幾人。

白湘菓的妝容大致上化完了，江思正拿著唇刷仔細地上唇膏。她纖長的睫毛一眨一瞬地，雙頰在燈光下照得有幾分透紅，容貌楚楚動人。

而沒跟考大常同站到一旁的殷楀枫，隨性地側坐在椅子把手上，傾斜的修長身軀和白湘菓靠得很近，單手支著額，神情專注地注視著，眉宇間盡是柔情，薄唇勾著好看的弧度。

兩張人神共憤的容貌，交織出如畫般迷人心醉的美好景象。

「啊，好啦，大功告成。」江思往後一站，打量著自己的傑作，滿意地拍手，「太好看了，湘菓，妳在我的巧手打造之後，現在就是個仙女啊。」

「同意。」楚于嫺認同地點頭，「不能同意更多了。」

「不是很懂化妝，但我覺得白湘菓化這樣還挺好看的，很適合。」考大常也豎起大拇指讚賞。

「有這麼誇張嗎？」白湘菓一下子接連受到讚美，不知所措地僵著面容，捧起臉蛋轉而仰頭問身旁的殷楀枫，「他們說得是真的嗎？」

見白湘菓的幾綹髮絲垂落，遮住了雪亮的眼睛，殷楀枫伸手輕柔地將其勾到耳後，「嗯，真的，很漂亮。」

這是他頭一次覺得白湘菓現在的樣貌比以前更加動人。

雖然白沐爾和殷楀松等見過白湘菓國中青澀模樣的人，都說把瀏海留長變成旁分好上許多，但在殷楀枫眼裡就不這麼認為了，他反倒覺得齊瀏海能凸顯她的清純呆萌。

不過，此時的她，又刷新了殷楀杋的審美觀。

這樣氣質出眾的她，他也挺喜歡的。

「……你們就別再看我了，再看我會很害羞的。」白湘菓慌忙地摀住臉，只餘下一雙貓般的杏眼。

殷楀杋低笑，站起身走到考大常旁邊，「好，我們散吧，好像已經開始表演了，妳們去集合準備吧。」

考大常手握拳，「加油！」

目送三人離去，殷楀杋和考大常並肩往廣場走去。

撥開層層人牆，他倆穿梭其中費了不少力氣，站到舞台前第三排的位置後，考大常隨即誇張地深吸一口氣，「呼，還是這裡自在，還好有叫朋友先佔前排的位子，不然後面都要站著，而且超擁擠。」

「真的，剛剛有點不能呼吸。」殷楀杋被人潮嚇著了，實在無法多想要是在裡頭多待一陣子會如何。

「是吧，有夠擠的。」考大常又望了眼後頭洶湧的人群，不覺起了個哆嗦，才將視線轉回舞台，「現在已經到吉他社了欸，我們剛剛直接錯過熱音跟嘻研的表演嗎？」

「好像是，我記得前面是歌唱和舞蹈穿插的，然後下個表演就是漾舞，沒記錯了話。」殷楀杋偏頭，「你剛不是有把流程表拍起來嗎？拿出來看看。」

「喔對，好像有這回事。」考大常立刻就掏出手機查看，「沒錯沒錯，等會就是白湘菓她們了！好期待啊！」

殷棡杋莞爾，「我也是，這是我第一次看她跳舞。」

「第一次？」考大常像是聽見什麼天大消息般，驚訝地湊近殷棡杋，「你不是說她國二就開始跳舞了嗎？怎麼會沒看過？」

「確實是第一次，我也是剛才意識到。」見眼前的平頭突地放大幾倍，殷棡杋忍俊不禁，「是有看過一眼她練習，但也一下下而已。」

考大常瞠舌，「她沒有表演嗎？」

「有，只是校慶表演我都在比賽，國三的畢業表演也出了點事，沒看到。」殷棡杋笑得溫雅，憶起白湘菓哭喪著臉的模樣，便輕描淡寫地帶過。

「出事？可以問是什麼嗎？」考大常小心翼翼地問。

舞台上的強烈白光頓時暗掉，沒放心思在上頭的殷棡杋這時也察覺到吉他社表演已經結束，順其自然地將話題給結束：「先看表演吧，有空我會再跟你說的。」

「好吧。」雖無法看見殷棡杋此刻的神情，但考大常知曉他沒打算繼續說，識相地坐好等候觀賞表演。

許久，燈光重新打在中央，熱舞社已擺好動作就緒，嘈雜的人群霎時安靜。

前奏一下，負責開場的熱舞幹部熟練地隨著旋律翩然起舞，白光轉換為紫光打在少女們身上，與說不清是何種舞風的舞蹈成了神秘的氛圍，拉開表演序幕。

正當眾人紛紛好奇地探頭，各個皆目不轉睛地看著時，幾名少女快步自兩邊跑開，以楚于嫺為首的小隊踏著闊氣的步伐走到舞台中心，背景音倏地多了分節奏感分明的電子音。

§

楚于嫺手一揮，外套劃了個漂亮的圓弧，後頭的少女們便按節拍以手劃了一圈圈大小不一的半圓，眾人無不對整齊且變換多樣的隊形驚呼。

一個個滑步，力道控制得宜的抖肩，不拖泥帶水的轉圈，楚于嫺準確地抓住每個音樂頓點，所有動作沒有絲毫差錯，在幾分鐘的表演即展現出張力十足的舞蹈。

下秒，音樂戛然而止，舞台瞬時轉黑。

就在所有人都以為表演結束時，幽然的弦樂響起，紅色燈光落下，幾名少女或坐或躺地一動也不動，唯獨正中心的白湘菓站著。

手微彎地伸在半空中，白湘菓在悠揚的琴聲下一點一點地將其收回，緩慢地雙膝跪地，而後頭的江思起身，雙手覆上白湘菓雙眼。

半响，幾聲重音伴隨弦樂流淌而出，少女們這時才舞動起來。

白湘菓跨出右腳，手指輕撫過其，腿則劃了圈後收回，她轉為側身雙手抱住身子蹲著，再跪地，窈窕的身子極其嫵媚地緩緩往前伸展趴在地，接著翻過身，伸長左腿時，雙手順勢支著地撐起身體，挺起的胸和脖頸勾勒出迷人的線條。

台下的殷楀杋目不即瞬地看著，他雖對跳舞沒研究，也鮮少看此類表演，但他卻覺得白湘菓方才的每個舞姿，無過多嬌媚卻十分勾人的眼神，都深刻地觸動著心頭。

第一次看白湘菓跳舞，他便看見截然不同的她。

不僅舞跳得著實出色，每個動作都乾淨俐落且到位，那舞姿卻不是庸俗的性感，而是盈滿屬於白湘菓的清雅脫俗，與眾不同的柔美氣質。

直到身邊響起熱烈掌聲，殷楀杋才在考大常的呼喚下拉回思緒。

考大常揮了揮手，「楀杋兄！你看走神啦？」

「結束了？」殷楀杋怔怔地抬眸，考大常已起身站到他面前。

考大常對懵然的殷楀杋感到幾分好笑，拉起他的手，「是啊，我們走吧，我剛看到她們往旁邊走出去了，去找她們吧。」

殷楀杋點頭，任考大常抓著自己往外頭走，他也不知自己怎麼了，久久無法從方才看表演的驚豔中抽離。

他們到了一開始待的玄關，便看到楚于嫺和江思正熱烈地談論著。

考大常邊鼓掌邊笑嘻嘻地走近，「嘿，妳們剛跳得真好呀！」

「我也這麼覺得。」江思大方地接受讚美，得意地微笑，「我們嫺跟湘菓領舞領得很好，我好驕傲啊！」

「咦，對欸，好像只有看到江思一下下而已，這是為什麼啊？」

江思失笑，「因為她們兩個是負責站中心領舞的，後來社師又加了一些動作，讓我來輔助，所以你才會看到我一下子。」

「原來啊。我被她們兩個嚇到了呢，真的看不出她們是跳這種風格，而且完美詮釋欸！」考大常真誠地稱讚著。

楚于嫺淺笑，「謝謝啊，很多人這麼說。」

「真的會覺得很反差，看不出來妳是跳這麼帥氣的舞！」正要轉而讚賞白湘菓時，考大常卻見她已闔上眼坐在椅子上歇息，「不是才剛跳完嗎？白湘菓怎麼好像很累啊。」

楚于嫺跟著望去，解釋道：「她說她的力氣都用完了，而且其實她剛剛上台前挺緊張的。」

聞言，殷檽枫快步走去，將校服外套披到身著單薄的白湘菓身上。

大腦運作總算恢復正常，殷檽枫溫煦地笑著凝視白湘菓疲憊的倦容，「大常，你送她們先回去吧，我等等再送湘菓回宿舍。」

「好好好，我們先走了，檽枫兄慢慢聊啊！」

臨走前，江思不忘回頭語焉不詳地調侃了句：「啊記得要早點送湘菓回來啊，別玩太晚噢。」

……江思這是把他說成怎樣的人了？

被談話聲給吵著了，白湘菓擰起柳眉，嚶嚶了聲：「唔……誰吵我休息？」

「嗯？醒了？」殷槁枫轉過身，隨手整理白湘菓凌亂的髮絲，「這麼累嗎？剛下台就睡著。」

白湘菓微噘起嘴，「好累好累噢，你都不知道那每個動作都耗多少心神在上面，況且我剛剛超緊張的，我今天沒有辦法再出力了。」

「是嗎？」殷槁枫輕笑，「但妳的努力沒有白費，妳跳得很棒。」

「真的？」白湘菓睜開眼，欣喜地眨著水眸，「枫覺得我跳得很棒嗎？」

「當然，而且還很驚豔，好像看到不一樣的妳。」聽到久違的親暱稱呼，他唇角笑意加深，「好久沒聽妳這樣喊我，很不習慣。」

白湘菓儼然沒將前面的稱讚聽進去，不服地嘟囔：「你也很久沒叫我懶懶啊。」

他有些無語，她這是選擇性忽略好話啊，「……我那是配合妳，知道妳不想在別人面前叫得這麼親，所以才叫名字，好嗎？」

「好啦，知道你貼心，鬧你的啦。」她沒打算繼續捉弄殷槁枫，而是甜滋滋地燦笑，「你喜歡，我可以多喊啊，嘻嘻。」

「也要旁邊沒人吧妳。」他嘆息，「真是，不明白妳為什麼顧慮這麼多。」

白湘菓反駁：「我哪有，我只是防患未然呀，你看看你現在可是個大紅人呢，一舉一動都被人看著，要是被發現跟我很好還得了，我可不想被人關注啊。」

「是，我忘了妳喜歡低調。」

「知道就好。」白湘菓又閉起眼，往殷楀杋身上倒去，「噢，我好累，我好想回宿舍睡覺，但我又不想動……」

「妳真的可以再懶一點。」肩上一沉，殷楀杋無奈地搖首，重重嘆息，索性用脅迫地：「妳再不起來，我就背妳回去。還是妳想要用抱的？如果妳不怕被別人看到了話，我是很樂意——」

此話一出，白湘菓睡意全無，整個人頓時清醒，反射地往旁邊挪了些，「喔不不不，不用了，我自己走就好，我才不想被大家看呢。」

「好，我數三秒，不起來就抱走，三、二……」

白湘菓慌張地從椅子上跳起，「我起來了！」

見白湘菓乖順聽話的樣子，殷楀杋悄悄勾起唇。

好像不管怎樣的她，都很令他喜歡呢。

第五章

高一上學期結束，殷樢枫和白湘菓隔天便打包行李回家去了。

本來白沐爾要開車來載他倆的，但計畫趕不上變化，前晚殷樢枫的表哥突然說今早會到高雄，他便被召去高鐵站載人了。

此時，殷樢枫雙手各提一袋沉甸甸的行囊，裡頭裝滿要帶回家洗的床單和被套，看著白湘菓僅背一輕便的小包，難得充滿朝氣地跳下公車，他頓時有股被拋棄的淒涼感。

他是知道白湘菓與平常不同的原因為何，就是不願意去面對罷了。

即便如此，他仍不放心地朝前頭喊道：「懶懶，看路，小心點走。」

「好啦。」白湘菓應了聲，回頭才見殷樢枫離自己有段距離，「你怎麼走那麼慢？」

殷樢枫抬起手中的行李袋，「妳覺得呢？」

「噢，差點忘了你提著很重的行李。」白湘菓不好意思地乾笑，討好般地跑回殷樢枫身旁，「不然我幫你提一邊吧？」

「沒事，沒妳重。」他怎麼捨得讓她提跟裝磚塊沒兩樣的行李呢。

「喂，說這什麼話？」白湘菓打了下殷樢枫，「我最近還瘦了呢，哪來的重。」

「開玩笑的。」殷樢枫微勾起唇，「他回來就這麼開心嗎？」

白湘菓猛地點頭，「當然呀，去年他們家忙公司的事都沒回來，已經一年多沒見到了吧。」

「是嗎？」那他怎麼絲毫不感到開心？

「是啊，昨晚聽到，整個人超期待的。」

殷橒柉故作惋惜地嘆息，「唉，你哥要是知道，他的寶貝妹妹對別人的表哥回來很期待，不知道會有多傷心。」

「哥回來也很開心，只是他比較常回來啊，這不一樣。」說著，她不忘糾正殷橒柉的說詞，「還有，哪是『別人的』表哥，是『我們的』好嗎？」

殷橒柉揚起眉宇，「喔？說得好像我們是一家人呢。」

「難道不是嗎？還是柉根本沒把我當家人看待？」白湘菓沮喪地垂下頭。

他失笑，把其中一袋包包移到另一邊，空出手輕柔地摸了摸白湘菓的頭，「沒有，妳想太多了，我們大概出生就是了吧。」

「是就好。」摸頭對白湘菓一向很有安定作用，她放心地笑了。

緩慢地並肩走著，總算走到兩棟再熟悉不過的建築前，他們沒有分頭走進各自家裡，而是一同進到殷家。

打開門，白湘菓忽略了在客廳熱絡聊天著的白沐爾和殷橒松，直直朝甫從浴室走出的人跑去。

「子筲哥！」在要撞進懷裡前停下，白湘菓仰頭，雙眼彎如新月般地看著眼前和殷橒柉不相上下的俊顏，「好久沒看見你了，好想你喔。」

「我們可愛的菓菓回來啦。」他嘴角勾起一抹好看的弧度，輕揉了揉白湘菓的髮絲。

說話的是大殷楀枂六歲的表哥，郁子筲，現就讀北部大學四年級。家境優渥，父親是現下排行前幾的大企業所有人，因郁子筲畢業之後便會在自家企業工作，去年跟著父母出國見習，便沒與殷家一同過年。

殷楀松對白湘菓的熱情見怪不怪了，老神在在地坐在沙發，喝著郁子筲買給他的奶茶，幽幽地說：「姊現在換髮型了，不是可愛，是漂亮吧。」

郁子筲偏頭，思考半晌，輕笑說：「在我看來，都一樣好看。」

聞言，正要默默走上樓放行李的殷楀枂冷哼了聲，對郁子筲的話感到過分油膩。

早就看見殷楀枂從後頭繞過去的郁子筲，本想視若無睹，這會他露出鄙夷的冷哼，讓郁子筲打消放過他的念頭，語音上揚：「呦，楀枂這是不打招呼直接上去了嗎？我好難過啊。」

他果然還是被郁子筲抓個正著啊。

殷楀枂嘆息，「我如果說是，你就會放過我嗎？」

「怎麼會？」郁子筲狡黠一笑，「看到表哥不打招呼……你這是在生氣菓菓——」

沒讓郁子筲把話說完，殷楀枂便先發制人，「你別亂說。」

白湘菓不明所以地問道：「枂生氣？我有做了什麼嗎？」

「沒，妳沒有。」

「有啊。」

兩人異口同聲地說出大相逕庭的話，讓白湘菓更加懵然。

殷楀枫這下就猜不透了，郁子筲那雙狐狸般的鳳眼下究竟打著什麼主意，但經驗告訴他，絕對不是什麼好事。

衡量了郁子筲離白湘菓相當近，要是一時看自己不順眼，隨時都能對她胡亂說一通，殷楀枫深吸口氣，換回一貫地溫文儒雅，佯裝從容地走下階梯。

殷楀枫背對著白湘菓，趁機朝面前掛著狐魅笑容的郁子筲寄冷箭，又是脅迫般地使眼色，可後者顯然沒把他隱隱傳來的寒氣放眼裡，神色自若地聳聳肩。

殷楀枫只好將行李遞到白湘菓手上，半哄半騙地推她到門口，「懶懶，妳先把妳的行李拿回去，整理一下再過來。」

臨走前，白湘菓不忘朝沙發上的兩人求救，可白沐爾竟反常地沒打算上前幫忙，殷楀松也是一副坐等好戲樣，只好認命地點點頭，「啊？噢，好吧……」

「乖。」

再繼續維持此狀，他鐵定會栽在郁子筲手裡的。

好不容易才暫時把白湘菓打發回去，殷楀枫鬆口氣，哀怨地睨著郁子筲，「你能不能別剛回來就這麼整我？嗯？」

郁子筲笑著搖首，「那是我的樂趣，你不懂。」

他頭好疼，「……我明明什麼都沒說，你怎會知道我跟懶懶的事？」

「這就要感謝沐爾時不時跟我分享情報，還有你親愛的弟弟的爆料了。」

「他就算了，愛妹妹……我懂，對於一個妹控哥哥，做什麼都不奇怪。」殷檽杋指著白沐爾，面無表情地分析，又將頭撇向殷檽松，「那你呢？有弟弟出賣哥哥這種道理嗎？」

「哪有，我才沒有出賣哥。」殷檽松咬著吸管，睜著狗狗般的無辜大眼，若無其事地說：「哥喜歡湘菓姊是大家都知道的事好嗎？」

「對嘛，還敢說我妹控做什麼都正常。」白沐爾乘勝追擊，附和道：「你才是，喜歡上菓菓不意外。」

被兩人的一搭一唱搞得無法反駁，殷檽杋有些無語，乾脆地追究源頭，朝郁子筲投以生無可戀的眼神。

見狀，郁子筲非但沒有感到愧疚，臉上還揚著勝利的微笑，將那堪稱妖孽般的俊美容顏發揮得淋漓盡致。

……他這是被聯合捉弄一番了嗎？

他也不過是喜歡白湘菓而已。

§

意識到自己處於弱勢，殷檽杋索性放棄與三人爭論，和郁子筲到沙發上坐下。

見郁子筲身上仍穿著正裝，明明是假日卻西裝筆挺，殷檽杋感到怪異，問道：「你怎麼這麼快就回來了？不是還有工作嗎？而且還是一個人，沒跟你爸媽一起。」

「嗯……被你發現了。」郁子筲勾起唇，「我的確本來不會這麼早回來的，因為最近公司事情多，有些事落到我身上來了。也因為這樣，我爸媽跟菓菓爸媽都忙得不可開交，沒法這麼快回高雄，就讓我先回來看看你們了。」

白湘菓的父母也在郁家旗下工作，皆是上級主管。原先的上班型態是在家裡處理公事，偶爾上北部出差而已，但在白湘菓國二那年，公司運營計畫轉變，便變成長期待在北部工作了。

「這我有聽我媽提到，她前幾天有打電話給我，關心菓菓的近況，她說她一直惦記著菓菓，怕她自己待在這會很孤單。」白沐爾回憶著那通電話的內容，突地想起什麼般，轉過頭面向郁子筲，「對了，子筲，我媽他們不是有託你帶什麼東西回來嗎？怎麼沒看見？」

「啊，那個啊……」郁子筲輕聲驚呼，差點把這事給遺漏了，「是有這回事，不過後來阿姨好像說要親自帶下來，後續我也不清楚，只知道是要給菓菓的禮物。」

殷楀松靜靜地聽著，忽地天外飛來一筆，逗趣地說：「該不會是一大箱的滿天星？那個阿姨最愛吃的百香果品種。」

「也有可能是高級白木耳。」對殷楀松偶有古靈精怪的個性習以為常，郁子筲從容地接住話題，順勢將其導向白沐爾，帶點暗示意味地說：「那個我們菓菓最『討厭』吃的食物。」

「可惡，郁子筲，別以為我不知道你在暗指什麼喔！」此話一出，隨即點燃白沐爾堅不可摧的妹控精神，「就算討厭吃，菓菓還是很喜歡我這個哥哥好嗎？我又不等於木耳，奇怪欸。」

「噗，我有說什麼嗎？嗯？」郁子筲佯裝毫不知情的模樣，隨後瞇起細長雙眼，「別自己挖坑跳還拉我一起呀，真傻。」

被郁子筲的話堵得無法反駁，白沐爾咬牙切齒地說：「你真是……」

在旁看著不打算參戰的殷氏兄弟，殷檽松一副事不關己地聳聳肩，臉上甚至還揚著愉悅的笑容，而殷檽杋就顯得淡漠許多，在內心暗暗同情白沐爾。

帶有腹黑屬性，說話技術一流，總能把人調侃得渾身像受挑釁般，卻又無法對其討厭的人——郁子筲，活生生像隻狡猾的狐狸，擅長戲弄。

殷檽杋對此是深有同感的。

這時，大門被轉開的聲音吸引了眾人的目光，白湘菓方才寫滿興致的臉蛋此刻已恢復淡然，輕輕將門給帶上，緩步走至殷檽松身旁坐下。

白湘菓疑惑地視線游移，「……怎麼都看著我？」

「剛剛沐爾哥和子筲哥兩人在吵架，他說妳討厭吃白木耳。」殷檽松暗自竊笑，『好心』地解釋道。

「我是討厭沒錯，不過這有什麼好吵嗎？」她更加不解地偏頭。

白沐爾忿忿地說：「我也不知道啊，就郁子筲那傢伙愛調戲妳哥哥。」

「調戲？」郁子筲揚了揚眉，面帶嫌棄地咋舌，「這詞我怎麼看就覺得不適合你啊，少往臉上貼金了。」

兩人一言不合又爭論起來，殷氏兄弟再度默契地默默退出戰場。

白沐爾和郁子筲雖相差一年級，但也就是因生日月份落在年頭年尾罷了，嚴格說來僅僅差幾個月。可正因如此，同在北部就讀大學的他倆，平時相處就像朋友般自在。

反正他倆待會還是會握手言和，自然就沒必要打擾他們維繫感情了，兄弟兩人是這麼想的。

一台手機突然出現在眼前，白湘菓怔怔地看向殷楀松無害的臉，他粲然一笑，示意她接過。

畫面是她陌生的網站，是一則貼文，內容是兩分多鐘的短影片，上頭還有一串斗大標題，寫著：「寶藏！末晚上的熱舞氣質正妹！」

「這是什麼？」白湘菓納悶地將貼文看了數次，仍然不懂殷楀松給她看什麼東西。

「姊不知道嗎？這是你們學校的學生論壇啊。」殷楀松指著最上方的校名，又點進影片，「然後這是妳們熱舞社的表演，聽我哥說，這部是節錄下來的，只有妳的小分隊表演和妳直拍的部分。」

她似懂非懂地點頭，將影片稍稍看過，的確是自己的影片，「噢，對。不過，楀松你給我看這個要幹嘛？」

這下換殷楀松懵了，他怎麼就忘了這姊姊鮮少用社群軟體呢？

離他們不遠的殷楀枫將對話全數聽盡，早早就在論壇上看過文章的他，只是淡淡地瞥了殷楀松一眼，見他不知該如何解釋地愣著，輕聲說了句：「楀松，你把下面的熱門留言一個個翻給她看，應該就看懂了。」說完，又若無其事地繼續滑著手機。

自家哥哥的指示讓殷楀松頓時有了方向，他乖巧地點點頭，把頁面往下拉到熱門留言處，說：「我是要給妳看這個，妳那天的影片被人傳到網上後帖子就爆了，雖然是前幾天的事，但現在讚數、留言數還有分享數都還在持續增加。」

殷楀松所言沒有半分誇大，該則帖子確實是近期的熱門話題，各項數據顯示皆如此，影片點閱率也是高出平均觀看量兩倍，堪比殷楀枫當時被側拍的貼文程度了。

底下留言說得無不是「真的如樓主說的，超正。」、「作為一個女生，也覺得她很仙、很有氣質。」、「不只漂亮，跳舞也是一流。」等讚美、驚歎話語。

白湘菓眨了眨水眸，半晌才把資訊吸收進去。

所以，這些是在稱讚她的長相和舞技嗎？

「呃，可是楀松你怎麼會看到這個？」白湘菓思緒紊亂，呆愣愣地問道。

「我無聊都會上去晃晃啊，而且這篇很紅，不可能沒注意到。」殷楀松掛著燦爛明媚的笑容，「看到姊姊跳被推爆，我可是很開心啊。」

「是嗎？我以為這沒什麼。」白湘菓喃喃道。

此時，殷楀枫已放下手機，靜靜地望著兩人。

見白湘菓看不出情緒的臉透著幾分驚喜，殷楀松也像吃了糖似地小孩般甜滋滋地笑著，他不禁感到欣慰，薄唇微微揚起。

§

吃過晚飯後，兄妹兩人要去超市採買生活用品先行離去，無所事事且愛好熱鬧的郁子筲也一同去了。見殷楀松則自告奮勇接下洗碗一事，殷楀杋便上樓了。

還有份報告還未完成，可他不急著坐到書桌前收尾，而是蹲至書櫃旁，從底部拉出收納盒。輕拍掉上頭的灰塵，掀開蓋子，裡頭擺著成疊的紙，那是殷楀杋國中整理的各科筆記。

大致將內容物過濾，把試卷和計算紙挑出，確認正確後，正打算將其抱到隔壁房時，房門突地被打開，郁子筲帶著幾分疲憊的倦容帶上門。

見他一語不發地往床上躺，殷楀杋詫異地問：「怎麼回來了？很累嗎？」

「滿累的，今天很早就起床了。」郁子筲打了個呵欠，「我到巷口的超商買完東西就回來了，沒跟他們一起到超市。只是想讓沐爾跟菓菓好好相處一會，他們感覺挺需要的，而且啊，我也想和你聊聊呢。」

「聊？你不都聽她哥說得差不多了嗎？」殷楀杋挑眉，反問道。

「是沒錯，但他沒告訴我更詳細的部分啊。」見殷楀杋頓時往後坐背倚著牆，雙手交叉於胸前呈防備狀，郁子筲輕輕笑了，「別緊張，我又不會問什麼奇怪的問題，我是那種人嗎？」

殷楀杋毫無遲疑地頷首，「是。」

「……算了，我忘了你這表弟從來就沒在給我尊重的。」郁子筲佯裝傷心地捂心臟，「唉，我好可憐啊。」

「別說這麼多無關緊要的話，不然我要去洗澡了。」殷楀杋神色漠然，顯然不吃這套。

郁子筲索性放棄，乾脆地切入主題：「我就是想問，你和菓菓現在如何而已。」

殷楀杋早有預料會是這問題，自然地說：「其實在學校都是各過各的，有各自的社團要忙，她也不像以前一樣都是一個人了，有交到還不錯的朋友，平常大都跟著她們。頂多在校園遇到，或是晚上傳個訊息分享瑣事而已。」

「喔？怎麼聽起來變挺疏離的？」郁子筲閉上眼睛，修長好看的手放在上頭，手心朝上擋光，「會不習慣嗎？」

「嗯，這是一定的，畢竟以前是每天見面。」見狀，殷楀杋伸手將壁上的電源鍵關掉，只餘下書桌的一盞檯燈，暈黃的燈光傾落在他稜角分明的側顏，神色有些黯淡，唇角仍慣性地勾著無可挑剔的弧度，說得很輕：「我其實本來挺擔心她到苑杏會很不適應，因為有很多事情要自己來，可是幾次後，我發現是我想太多了。」

「什麼意思？你是指菓菓會做那些事了嗎？」雖已身心俱疲，殷楀杋的話卻好似沒要讓郁子筲休息般，說得他心懸著，有些緊張。

「應該說，她的室友會幫她，用不著我教。而且，她總是以一種輕快的語調說她要學習自己做事，不能永遠依賴我之類的。」殷楀杋覺得此時吸進的空氣格外清冷，他愈說愈小聲：「她覺得，依賴會造成我的麻煩，她不想這樣。」

郁子筲光是聽殷檷杋毫無起伏的語調，便能想像他此刻的神情為何了。果然，睜開眼見殷檷杋木然地楞著，他無奈地搖首，輕拍了殷檷杋的腿，「我說你啊，菓菓還會覺得這樣不好，你應該要慶幸才對，至少她沒把你對她的好當理所當然。」

殷檷杋頷首，「你沒說錯。」

「哎呀，你別想太多了，就這樣維持現狀也挺好的，多熟悉熟悉。」郁子筲再度闔眼，覺得殷檷杋根本是多操心了。

「我怕的是，一個不留意她就被人拐走了。」殷檷杋嘆息，「你都不知道她現在在苑杏多有人氣。」

「該不會是她上論壇吧？」聽殷檷杋應了聲，郁子筲也沒特別驚訝，「噢，不意外，雖然我沒看過她跳舞，但我想一定很棒，而且以她的外表來看就可想而知了，應該是男女都會喜歡的類型。」

「確實，我看我們班群也是很多人在討論，還一面倒都是正面的，其中也不少是女生。」殷檷杋斂下眸，有些苦惱地說：「我想她應該會變風雲人物吧，然後開始很多人去班上關注她之類的，接著就有追求者……」

「停，你能不能別這麼喪氣？我看你這副德性都不想承認你是我表弟了。」郁子筲沒好氣地打住話，「你擁有一張可以跟我媲美的帥臉，各項表現也都如我一般優秀，個性嘛……嗯，這點就跟我不同了，你溫文儒雅的形象根本受眾人喜愛啊，你看看，全身上下找不到缺點，誰能比得過你？」

這會聽郁子筲說完，殷榪杋消沉的情緒頓時都消逝了。

他這擺明是在拐彎稱讚自己啊……

殷榪杋深吸口氣，「……我講不過你。不過，我想反駁一點，我覺得個性這點你比我好太多了。」

「喔？怎麼說？」

「我沒有你會應對人，或者說，沒有你自然。」殷榪杋搖搖頭，「我之前跟你說過。」

「看來你還在困擾這問題啊。」郁子筲擺手，坐起身，「我這叫八面玲瓏，沒什麼好羨慕的。改天再說吧，你還是去把那疊紙搬過去，順便幫我拿個棉被，我先去洗澡了，好累。」

「好吧。」

語畢，郁子筲拿了換洗衣物朝浴室走去，殷榪杋也轉身抱起盒子，緩緩步到隔壁殷榪松的臥室。

輕放到地上後，殷榪杋出聲喚了坐在桌前溫習功課的殷榪松：「榪松，我拿過來了。這些你看看吧，是我國中做的筆記，複習滿有用的。」

聞言，殷榪松隨即離開椅子，蹲到盒子前觀看，欣喜道：「都是哥親手寫的耶，謝謝哥！」

「不用謝，有幫助就好。」殷榪杋淡笑，站直身子，「你看看有沒有缺少的單元，我再找給你，我先去搬棉被了。」

「好。」

又到隔壁房搬了備用的棉被回房，殷楇枂一把將其丟到雙人床上放好後，才到筆電前坐下。

戴上耳機，準備繼續把未打完的報告結束，這時又聽見房門輕輕被推開的聲響，他循聲望去，只見殷楇松探出一顆頭，眨著水汪汪的眼睛，不知所措地看著自己。

他摘掉戴好一邊的耳機，「怎麼了嗎？」

「我剛看了哥的筆記，看到了這個。」殷楇松攤出一張手掌大的紙，無比認真地盯著殷楇枂，「哥……為什麼？」

瞥了紙一眼，殷楇枂先是略微睜大了眼，隨後故作鎮定地說：「你收好，當沒看到吧，時機到了我再和你說。」

「好。」殷楇松乖巧地點點頭允諾。臨走前，又轉過身說道：「我剛上來的時候有聽到你和子筲哥的對話，也一直有在偷偷觀察哥，我想說的是，其實你不需要這麼辛苦的。」怕殷楇枂誤解，他又補充道：「我不是指是姊的事，是哥哥自己喔。」

此話一出，殷楇枂徹底愣住，半晌，才反應過來回話：「我知道了，謝謝你這麼關心我，沒想到你有注意這些。趕快回去溫習吧，別看太晚，早點睡，晚安了。」

「當然有。」殷楇松粲然一笑，「哥晚安。」

§

由於開學前一週便是籃球社的社內幹部面試，四月的校慶也將至，熱舞社的團練從寒假便開始了，白湘菓和殷楀杋兩人還未開學就提早回學校了。

寢室裡，楚于嫺和江思趴在地上拉筋收操，方才練了一早的舞，身子瘦得上樓時每跨一階就如同煉獄般難受，要是現在不落實收操，明日恐怕就無法正常練習了。

楚于嫺伸回腳，看著仍在伸展的江思，「我以為妳會洗完澡才過來呢，不是說身體黏黏的不舒服嗎？」

江思額抵著膝蓋，聲音聽上去有些悶，「我本來也是打算洗完再過來找妳們啊，但我剛看到我那漾舞室友的臉，我直接打消拿了衣服就走了。」

「又她啊？說來聽聽。」楚于嫺起身到旁拿了兩個玻璃杯，把剛買的運動飲料倒進裡頭。

「她們好像也剛練習完吧，只是比我還早回宿舍就是了，然後她那時就站在衣櫃面前找衣服，看到我進房一臉狼狽的模樣，就瞪我還一副很嫌棄的臉，一句話也不說就進浴室了，還甩門呢。」江思邊說邊抬頭作了個睥睨的神情，「大概就是這種表情。我的天，她以為寢室是她一個人的嗎？而且到底誰練舞完不會很狼狽的？我們還沒冷氣欸。」

「哇，妳室友聽起來有公主病，是我應該也會很生氣。」楚于嫺遞了其中一杯冷飲給江思，不免被她模仿的臉給逗笑，「不過妳做這種表情怎麼這麼搞笑啊，哈哈哈。」

「可能我沒她那大小姐的傲氣吧。」江思努了努嘴，接過杯子一飲而盡，「我都沒說她明明在冷氣房裡妝還花得跟什麼一樣，比鬼片還恐怖。」

楚于嫺無奈地笑，「真是，慢點喝，又開始吐槽模式了妳。」

「算了，別說她。」江思擺手，「來講剛剛學姊說的吧。她不是叫我們回去表決表演的舞要哪首和思考幹部的事嗎？」

「噢，對。我剛有發了則訊息問大家要不要開群組的投票功能了。」楚于嫺頷首，亮出手機的訊息介面，「這裡，妳也去投吧。」

校慶的表演就不像期末晚會時間那麼充裕了，於是熱舞社的幹部們決定將表演分開成兩個，一是由幹部組成，另一則是學員的。

為了讓每個人都能跳自己喜歡的歌，幹部將決定權全權交予學員，除此之外，也能順道從中觀察有無新幹部適合人選。

「學姊她們已經選好她們的歌了，剩我們學員還沒呢。」江思迅速在幾個選項中按下其一便關掉螢幕，「湘菓還在洗澡，我等等再問她好了。是說妳會想選幹部嗎？」

楚于嫺無所謂地聳肩，「我是都行啊，反正熱舞沒當幹部也能留社，而且我們人那麼少，其實沒什麼差？」

白湘菓拉開浴室門，邊擦拭著濕漉漉的長髮邊迷濛地問：「妳們在說什麼？」

白湘菓因為生理期的緣故，兩人禮讓她先盥洗，也因此花了比平日還多的時間。

「湘菓洗完啦。我們在說幹部的事，湘菓會想選嗎？我們都還好。」

白湘菓沒多想地搖了搖首，「幹部？應該不會吧，那感覺要社交，不喜歡。」

「也是，我都忘了湘菓不喜歡了。」楚于嫺抱起換洗衣物繞過白湘菓，推開浴室門，「換我洗喔。」

江思手托腮，略微詫異地睜著眸，「我以為妳會想選耶，我想說考大常他們不是說要選幹，而且好像還是前幾天的事？」

「噢對，楀杋跟大常好像要一起面試，結果應該差不多出來了，我等等去洗衣服順便問他好了。」經江思這麼一提，白湘菓這才想起有這麼一回事，怔怔地點頭，「聽說你們寒假都一塊打遊戲呢。」

江思聳聳肩，不以為然地說：「是啊，寒假沒作業，我也沒什麼行程，都窩在家打遊戲，剛好我玩的遊戲考大常那傢伙都有涉略，就勉強一起玩了。」

「聽起來怎麼感覺很委屈？」白湘菓感到幾分好笑，「我去洗衣服。」

聞言，江思隨即起身，「需要幫妳嗎？」

「不用啦，我會用。」看江思滿臉不信任的模樣，白湘菓輕蹙起柳眉，「幹嘛那樣看我？嫺有教我，已經有好一陣子是我自己洗了，而且不是像以前一樣手洗喔，我會用洗衣機了。」

江思無語，敷衍地拍手，「……好好好，妳很棒。」

見狀，白湘菓噘嘴，撈起桌上的手機步出寢室。

解開鎖屏，在聯絡人找到殷楀杋的電話後滑開撥出，那頭很快便接通了。

「喂？」

聽見熟悉的溫醇嗓音，她習慣性地先問道：「你在哪裡？有空講電話嗎？」

「我在宿舍，有空。怎麼了？」

她走到其中一台洗衣機前，瞥了眼四周，見四下無人，便放心地把手機放到上頭並按下擴音鍵，再打開蓋子，「沒什麼，就想問你面試有沒有過。」

「妳是指社幹嗎？」

「是啊，我記得你說今天結果會出來。」

殷檇枂輕輕地說：「嗯，過了。」

「過了？我就知道枂會上。」白湘菓平淡的語調上揚了些，「那你上哪個幹部？」

「社長。」

白湘菓又驚又喜，激動地張大嘴驚呼，「哇，太厲害了吧……感覺籃球社社長這頭銜超、帥……」

「帥嗎？」另一頭的殷檇枂故作鎮定地乾咳幾聲，眉宇間的笑意卻掩不住地溢出，「還好，倒是有點壓力。」

在旁偷聽著的考大常，見殷檇枂臉上流淌著喜悅，忍不住興奮地湊過來喊道：「什麼什麼？白湘菓也覺得檇枂兄當社長很帥嗎！我也是！」

「大常也在旁邊啊。」被考大常這一吼，白湘菓受驚地趕緊關掉擴音，把手機移到耳邊，按下洗衣機的啟動鍵後便走到欄杆倚著，「那大常也過了嗎？」

「當然！我誰呢？我考大常啊！」考大常驕傲地拍了拍胸脯，「我是上公關兼副社，而且公關聽說是我們這一屆才有的，第一屆呢，嘿嘿。」

「這麼酷嗎？公關這詞聽上去感覺挺適合你的。」

「我們公關大致上就是跟別校的交流，然後有一些社內大活動時負責聯繫學長，邀請他們回來。」殷楀枂順道解釋了公關的職責，又把問題導向白湘菓：「妳剛是在洗衣服嗎？」

白湘菓杏眼圓睜，頓時僵直了身子，下意識地轉頭張望，「你怎麼知道？」

「我剛有聽到洗衣機的聲音。」殷楀枂輕笑，似乎能想像白湘菓此時驚慌的樣子，「妳該不會以為我是看到才這樣說吧？」

「對啊，你怎麼連這個都知道啦……」她羞窘地整個人都趴在杆子上，此刻的她只想找個洞鑽。

「猜的。」他眼角笑意更濃了，「我們懶懶會洗衣服了呢，長大了。」

白湘菓不滿地反駁：「早就會了好嗎，嫺教會我不少事，我超感謝她的。」

殷楀枂挑起眉，「喔？那我幫妳做得那些都不需要感謝了是嗎？」

「我哪有那樣說。」白湘菓有些心虛，愈說愈小聲：「而且，你剛喊我什麼……大常在旁邊欸。」

「妳沒說我還沒意識到，抱歉，太順口了。」殷楀枂咋舌，轉向靠自己很近的考大常，不確定地說：「他應該不會怎樣……吧？」

把兩人的話全數聽盡的考大常，雙手摀住耳朵，佯裝沒聽到般地狂搖頭，「沒有喔，我什麼都沒聽到，別看我！」

這不是此地無銀三百兩嗎？

殷樠枫暗暗嘆息，看來以後有他好受了。

第六章

新學期在繁忙的日程中展開，高一下不如上學期悠閒，至少白湘菓是這麼認為的，沒法只專注於某項事物上了，課業和社團都要兼顧，步調也頓時變得緊湊。

大抵是因為高二生離學測不到一年，各社團紛紛都著手新幹部事宜，從挑選到交接皆有一套完整的流程，有些大社甚至還有面試，為的就是確保能在期末前上繳最適宜且完整的名單。

以及今年校慶因施工移到四月初，不論是園遊會、運動會，或者是穿插其中的才藝表演，全校上下皆投入不少心力在上頭。

其實白湘菓挺不習慣這樣的日子的。

原因是第一次段考僅有一個月的時間準備，而校慶就在段考後一週，放學練舞完回宿舍還得讀書，沒有一天能在十一點前就寢，她重視的睡眠就這麼受影響了。

更不用說她還需補考上學期沒過的球類考試了，雖然每節體育課都認命地練習，羽球和桌球順利地考過，但排球怎麼練就是不及及格門檻。

在體育老師的再三叮嚀下，她百般不願意地挪出午休到操場練排球，希望能藉此多熟悉打排球的手感。

除了午休，連沒有練舞的放學後，她也是去器材室借排球，便到操場不停磨練她那沒怎麼進步的球技。

她沒讓江思等人知道這事，她怕殷楀杋知道，更怕依他那愛操心的個性會跑來陪練。殷楀杋不只有社團的事務，還是籌備班上園遊會的一員，相較於她忙碌許多，她才不想因自己耽誤了他。

但事與願違，白湘菓的事似乎沒有件是瞞得過殷楀杋的。

於是，她的練習硬生生加上了殷楀杋。

「杋，你真的不用去忙籃球社的事嗎？你不是上了社長，應該滿多事情吧？」白湘菓雙手攤直擊著排球，問著不知是今天第幾次的問題。

殷楀杋搖首，「社團的事沒那麼急，要五六月才會比較忙。」

無法一心二用的白湘菓，球沒意外地再次掉了，她邊追著球邊不死心地問：「還有那個，你不是你們班園遊會的負責人之一嗎？」

「不，正確來說是幫忙的而已，因為園遊會的時段剛好會卡到籃球社的表演賽，其實沒有太多我的事，都差不多處理完了。」殷楀杋長臂一撈，輕而易舉地把排球撿起，往前一跨，遞給白湘菓時，他順勢調整了她的姿勢，自顧自認真地說：「妳左手都會不自覺往上抬，所以球總是會歪，這裡要注意，改掉會好很多。」

白湘菓怔怔地點了點頭，似懂非懂地重新打起球，「是這樣嗎？」

殷楀杋應了聲，滿意地微勾起唇，「嗯，很好。」

之前上課時有見過類似的狀況，殷楀枫那時聽見老師指正的便是兩手一高一低的情況。他當時不清楚為何有些人會有此問題，但看到白湘菓也同樣後，他大概知曉了——

白湘菓是左撇子，左手會相較右手靈敏地去接應球。

或許是慣用手的關係吧，他想。

找到問題後，白湘菓在殷楀枫嚴格的監督下，擊球數漸漸有所成長了。

「你怎麼會知道我在這練排球？」天色漸暗，他倆坐到操場的一隅歇息，白湘菓忍不住拋出纏繞心頭許久的疑問：「我明明沒跟任何人說。」

「看到的。」殷楀枫側過臉，便見白湘菓瞇起眼盯著自己，活像隻沒好好答覆便會炸毛的貓咪，低聲笑了，「不想讓我知道？」

「不想，因為我知道你一定會過來看。」白湘菓委屈地斂下眸，「你在太有壓力了，而且我也不想拖累你。」

「妳想多了。」他輕拍了下白湘菓的額，「我這陣子除了準備段考，沒什麼好忙的，想說妳比我辛苦，能幫妳多少分擔一些也好。」

「這麼好喔。」

「還好。」見白湘菓仍垂著頭，殷楀枫又笑，「要怪就怪大常吧，是他在校園遊蕩看到的，不然我每天都直接回宿舍也不會注意到。」

「大常？對喔，我前幾天有看到他在旁邊晃。」白湘菓恍然地抱住頭，「噢，我沒想太多，忘了他跟你成天黏在一塊了。」

殷楀杋對此感到幾分好笑，「別想那些了，反正我都已經坐在妳旁邊了。」

「唉，雖然有點想打死自己，但也還好他告訴你了，我才有機會能跟你說上話。」白湘菓嘆息，雙手抱住收起的腿，額抵上膝蓋，「你都不知道我現在根本不敢自己走在路上。」

「妳是指會有妳的粉絲嗎？」殷楀杋一雙桃花眼彎成了迷人的弧度，輕柔地挽起她落下的髮絲，「這我有聽說，不過這是值得開心的事吧？」

「我不覺得啊，我不喜歡走在路上被人關注。」

他戳了戳她鼓起的粉頰，溫聲道：「這代表很多人喜歡懶懶喔，雖然可能一開始會感到有點負擔，但久了會習慣的。」

「杋也是這樣過來的嗎？」白湘菓露出一隻眼睛，好奇地眨了眨，「你不只有粉絲，還很多追求者。」

殷楀杋有些難為情，「……是習慣了，但也不全然是這麼說。」

「是這樣嗎？」

「差不多。」他頷首，站起身，朝白湘菓伸手，「妳還要回宿舍讀書，時間也晚了，趕緊回去吧。」

「對喔。」被殷楀杋一把拉起，白湘菓抱起排球，「那我自己回去就好，掰掰。」

「小心點，掰。」

目送白湘菓離去後，半晌，殷檎杋清了清喉嚨，朝一旁喊了聲：「別躲了，出來吧。我都看到了。」

「咳，原來被發現了啊。」考大常故作懊惱地搔了搔頭，從旁的牆壁後走出，「不過我收穫倒挺多的，不枉費我躲得那麼辛苦。」

殷檎杋無奈地嘆息，「你看到了什麼？」

考大常聳聳肩，「也沒什麼啊，就……我看到我們檎杋兄非常疼愛我們『懶懶』呢。」

「大常。」

「哎呀，我看得我都快感動得哭了，多麼好的畫面啊，再加上檎杋兄那好聽的聲音喊著親暱的名——懶懶，哇，詩情畫意啊！」考大常佯裝沒聽見沉聲說話的殷檎杋，表情豐富地繼續胡亂讚嘆著。

「你腦補那些就算了，我不反駁。」殷檎杋無語地抽了抽嘴角，「但你別喊懶懶，那是我在叫的。」

「喔抱歉抱歉，我懂，我都懂！那不然……我叫她湘菓大嫂如何？」

殷檎杋忍住翻白眼的衝動，深吸口氣，「好。」

考大常把手圈在耳朵旁，「等等，我有聽錯嗎？你這是說好呢！」

「沒有聽錯。」殷檎杋淡淡地看了考大常一眼，薄唇微揚，「反正我也挺希望她是。」

§

在練習和考試中度過三月，四月初的校慶緊接而至。

和往年不同，各項運動項目移至校慶當週而非前週，表演賽和才藝表演也一併挪到運動會當天。

所謂表演賽，是指班際籃球比賽中的開場，由體育班和籃球社為選手的比賽，純表演不計入比賽排名。

比賽在苑杏的室內體育館舉行，二樓有半圓狀的觀眾席，場地設備俱全加上精彩的賽事，座無虛席。

雖不喜人潮多的地方，且殷楀楓告知自己並不會上場太久，基本上是派籃球社的學長們先發，白湘菓仍老早就到場佔了個好位子了。

她從以前便喜歡看殷楀楓打球，她覺得在場上的他特別耀眼，每一瞬間都格外光采迷人。

也因此她從未缺席過殷楀楓大大小小的比賽。

明明方才殷楀楓被換上場了，此刻正和學長搭配地游刃有餘，敏捷矯健地穿梭在球場，白湘菓卻怎麼也開心不起來。

瞥了身旁的兩個空位一眼，白湘菓身子往後傾靠著椅背，斂下眸無神地望回場上。

其實她是與楚于嫺和江思一同來的，但不久前她們接到社長電話便急忙地先行離場了，餘下她獨自一人觀看比賽。

至於為何社長會只傳喚她倆過去，而沒有叫上白湘菓，原因是社長前幾週調查過無社員有意選幹部，便索性直接由眾幹部指定幾個人選，剛好她倆也沒特別排斥，便大方地接下了。其實名單是有白湘菓的，但她還想思慮一番才做決定，學姊聽了也沒強求，體貼地讓她最晚暫緩到五月再答覆。

突然喚兩人過去，還用打電話的方式，可想而知事情的迫急，雖然兩人心照不宣地都沒告訴白湘菓發生何事，但她多少還是猜到了。

思及此，白湘菓暗暗深吸氣，晃了晃有些發暈的腦袋。

她得清醒些，不然等會比賽結束後，殷楀杋看到她這模樣鐵定會察覺有異，她才不想他又費心思在自己上。

比賽已至尾聲，最後結果是籃球社小勝體育班，不分上下的戰況使得全場熱鬧沸騰，喊叫聲此起彼落，和平靜的白湘菓形成強烈對比。

她按賽前和殷楀杋的約定走下樓，到一旁人煙稀少的空地等待。

本以為要好一陣子才會見到人影，沒想到幾分鐘後見殷楀杋便和考大常雙雙走近她，前者勾著一貫溫和的淺弧度，後者則笑容滿面。

「湘菓大──咳，不是，我是說湘菓姊，好久不見啊！」意識到自己差點說錯話的考大常，討好似地朝殷楀杋那看去，見他仍神情淡然又放心地轉頭傻笑。

白湘菓怔怔地點頭示意，「你們好快。」

「沒什麼事就先走了。」掃了眼腕上的手錶，殷楀杋疑惑地問：「妳怎麼這時候還在這？應該快輪到妳們表演了吧。」

「啊，那個啊……」聞言，白湘菓視線飄忽，低頭掏出手機，看了通知欄上楚于嫺不久前傳來的訊息後，輕輕啟口：「我們沒成功報名，所以沒有表演。」

「沒成功報名？怎麼一回事？」殷楀杋眉心輕輕蹙起，身旁的考大常見狀也收起笑臉，識相地沉默不語。

白湘菓咬著下唇，血的苦腥在口中泛開，她卻毫無感知地撇開臉，思忖著該如何解釋。

說起這事，要回溯到這禮拜一。

學生會按照慣例在校慶前幾天發表演節目的紙條給各社團確認，熱舞幹部們收到當下就傳訊息問學員們是否也拿到了，但學員們無一個回應收到，那時幹部們只覺是學生會耽誤罷了，沒多留心。

孰料，就這麼又過了兩天，正當大夥兒覺得怎麼仍一點動靜都無時，就見幹部上課時分激動地在群組裡破口大罵，還沒來得及搞清楚狀況的白湘菓等人，一下課便被社長一行人給叫住了。

「那個！江思和白湘菓妳們倆快出來，急事！」社長手抓著門框，著急地喊道。

從沒見過社長如此慌張的兩人，納悶地互看了眼，便趕緊跑出教室了。

「妳們沒看到這張嗎？為什麼上面沒有妳們學員組的表演？」社長攤出一張明顯揉過的紙，

上頭有個大表格，那是完整版的校慶才藝表演節目單。
湊近一瞧，把整張每一處都仔細看過後，的確找不到熱舞社的第二個表演。
「這是……沒報名成功的意思嗎？」見江思沒說話，而是拿出手機迅速撥了通電話，白湘菓小聲地問道。
「妳先冷靜點。」方才未出聲的教學安撫了抱著頭在原地繞圈的社長，輕輕嘆息，「我來說吧。剛剛我們以為，可能是學生會漏掉或是妳們學員沒把報名表填好而已，上節課看到就立刻找了隔壁班的學生會朋友問，他卻說根本沒看到報名表。」
「怎麼會？」白湘菓略微詫異地眨了眨眼，看向剛通話完，面色凝重的江思。
繳交報名表的並不是她們三人，白湘菓記得是她不太熟的學員，而那人似乎是江思的朋友。
「我剛問我朋友了，就是負責交報名表的那個，她說她也不清楚怎麼一回事，她只知道她那天忙著去教務處交文件，就託她朋友拿去了。」江思煩躁地拍了拍額，「她說她在問朋友了。」
隔天，她們沒有得到任何那位代為繳交同學的回應。
但她們不死心，直到剛才都仍在與學生會央求，盼能安插個時間，給與一個機會讓學員上台表演。
因為幹部們還有自己的表演，在後台準備沒法脫身，楚于嫺和江思便決定親自前去拜託學生會的負責人了。
「所以簡單來說，就是妳們社有個人忘了交報名表，導致妳們學員沒得表演？」聽完白湘菓所述，殷槁枫統整出結論，見她點頭，又問：「是前幾天才發生的事，可妳不是說表演的服裝都挑好了？」

「是啊，我們舞早就排練好，服裝買好了，全部東西都定案了。」白湘菓搖首，面無波瀾，「我不知道該怎麼辦。」

他們三人邊說邊緩緩走到廣場，也就是表演舞台所在處。

白湘菓微瞇起眼，雖距離遙遠可還是看到了台上大致樣貌，那清涼的表演服和慢節奏的旋律——漾舞社的表演。

白湘菓定定地站在原處，身後的殷槁枫則擔憂地看著她看不出情緒的側臉，兩人都無心於舞台上的表演。

半晌，見白湘菓沒有半分要說話的意思，殷槁枫打破沉默，輕聲地問：「很難過嗎？」

殷槁枫所言將她紊亂的心緒拉回，她回過頭，木然地說：「其實我除了驚訝之外，沒什麼太大的感覺。」

從得知事情，到方才確定真的無法表演，白湘菓的心境一直是五味雜陳的。

那種感受，她說不清，稱不上難過，卻也沒有半分責怪。

只是每當她想到自己這段時間付出的心力就這麼白費了，胸口仍會脹得發疼。

寒假提早回來學校練舞，使得她錯過和白父白母難得的相處時間；怕生理期會在表演時來訪，影響到跳舞的肢體動作，特地吃了延遲時間的藥；邊練舞還要顧及沒考過的排球，午休和放學都沒好好休息，讀書讀得很吃力；甚至是特地為校慶買好的表演服，現在都沒機會穿上了。

種種數不盡的因素，讓她感覺好像這兩個月是做白功般，全部的努力都白費了。

許久，她喚了聲站到身旁的殷檽枫，抿了抿乾澀的唇，話說得很輕、很輕：「就當是學個教訓吧。」

§

白湘菓高中第一個校慶就在難以言喻的心境下，平淡無奇地過了。

但仍然有個纏繞心緒已久的問題困擾著她——到底該不該接社團幹部？

因為熱舞這屆的學員僅十個而已，其中兩名又說高二會轉社，剩餘的學員都快與幹部數量相同了，社長們便調查了各學員選幹的意願，知曉大部分都沒意見後，幹部們便決定要親自提名人選。

按熱舞社的傳統提出六個幹部名單，裡頭就有三個是白湘菓等人。確定所有人都願意接幹後，才會再依訓練時每個人的個性、能力決定為何種幹部。

「湘菓，所以妳想好幹部的事了嗎？學姊不是說五月要給她回覆？」楚于嫺邊將面膜撕開並敷上，邊揚聲朝窩在上頭床鋪的白湘菓問道。

棉被半掩住白湘菓的臉，語調極慢地說：「嗯……我是怕我不喜歡社交會不適合，不然其實我沒到很排斥。」

江思原本專注地修剪著額前過長的瀏海，聽白湘菓這麼一說，忍不住出聲：「我覺得妳可以不用擔心那些欸，反正我們學校的熱舞社也不會被各校舞展邀請，大大小小的活動都看不太到我們，可能別的學校都不知道苑杏有熱舞社呢。哪來的社交問題？」

「對啊，雖然思她講得很直接，但事實是這樣沒錯，妳可以不用這麼怕啦。」楚于嫺被江思開口便是一連串吐槽給逗笑，「而且我覺得學姊們應該多少有看出來妳的個性吧，她應該不會給妳當什麼公關、活動之類的。」

「是嗎……」白湘菓翻過身改為平躺，直直地望著天花板發愣。

楚于嫺點點頭，「當然。反正有我們在，有困難可以互相幫忙啊。」

「我覺得吧，就算當公關跟活動也沒什麼事可以忙。」江思檢視著化妝鏡中映照的自己，突地想到什麼般地驚呼，站起身，「啊！我忘記跟妳們說了，妳們有看到最近學校論壇上的貼文嗎？」

「什麼貼文？」

「就上禮拜發的，有人問為什麼熱舞社沒有表演，還特別附上湘菓末晚的照片，說他很期待看湘菓跳舞呢。」江思憑零碎的記憶大略敘述著，走進浴室前仍不忘喊道：「妳們快去找貼文來看啦，比較清楚。」

楚于嫺偏頭，咋舌，「奇怪，我明明昨天才上去看過，怎麼沒看到她說的那篇？」

上頭的白湘菓則是一臉懵然地眨了眨眼，實在不解怎麼會有人常關注那些。

而且為什麼又有她？

白湘菓沒打算看論壇，畢竟還要爬下床拿手機著實麻煩，也不是很感興趣，於是她讓楚于嫺看完後再告訴她。

楚于嫺把完整內文唸給白湘菓聽後，喃喃道：「沒想到有人注意到我們熱舞沒上台表演啊。」

「拜託，那也是託湘菓的人氣我們才會被拿出來討論好嗎？」江思沒將浴室門給關緊，留下一細縫，「要不是我們湘菓長得漂亮，又會跳舞，給我們蹭熱度，大概到現在還沒人發現吧。」

白湘菓把整張臉埋進棉被裡頭，有些難為情，「……有這麼誇張嗎？」

雖然下學期的確走在路上會感受到有人注目，但那也是行事低調的她不習慣罷了，她不覺得那稱得上多有人氣。

「有啊。說到這個，結果我那朋友最後什麼都沒問著，但我也不好意思追問原因，我怕我一開口就沒法克制嘴巴。」江思不停搖首，「我真的不懂，為什麼人明明都同班還可以問不出來？」

「我覺得挺怪的。」楚于嫺腦中閃過幾個念頭，倒抽一口氣，「還是其實我們被別人搞了？」

「不會吧，沒事搞我們小社幹嘛呢，別胡思亂想了。」江思輕推了楚于嫺一把後，走近白湘菓的床鋪旁，仰頭見她毫無動靜，問：「湘菓，妳該不會睡著了吧。」

「沒有啦，我還醒著。」聞言，白湘菓緩緩拉下棉被，探頭露出一雙眼睛迷濛地望著下方，「怎麼了？」

「要是真睡了我也服了妳。」看白湘菓凌亂的幾根髮絲微微翹起，慵懶的模樣就像隻貓，江思無奈地嘆息，「沒什麼，我只是又想問妳想好幹部的事了沒，拖著也不太好吧。」

「思，妳別催她，這樣會有壓力啦。」楚于嫺瞪了江思一眼，轉頭和白湘菓對上眼時，語氣頓時放軟許多：「湘菓啊，雖然給學姊等太久不好，但妳要記得好好想清楚喔，別急。」

把兩人的互動收進眼裡，白湘菓會心一笑，「知道了，我會的。思，幫我拿手機給我。」

伸手接過江思遞上來的手機，白湘菓將其放置一旁，又蜷縮回被窩裡。

兩人和白湘菓說了聲便出去買泡麵了，留她獨自待在寢室，她這才靜下心思索方才說的幹部一事。

確實，是時候該做決定了，她心裡早有個底，只是仍在反覆糾結著。

跳舞是她的興趣，且當幹部帶學員、協助社團事宜都是不錯的難得經驗，申請大學時的備審資料也能用到，怎麼說都是不會吃虧的事。

雖然有可能多少會影響到課業，不過熱舞社的練習時間不算頻繁，國二練跑後她的體力也好上許多，現在的練習都還在她的負荷範圍。

唯一讓她頻頻卻步的便是需要社交。

但方才聽兩人所述，好像也沒有她想得這麼困難，甚至是不太會遇到的問題。

思忖許久，白湘菓打開手機，找到社長的聯絡方式後點進，纖指開始在上頭迅速按著鍵盤。她決定接下幹部。

左思右想，似乎已沒有阻礙她當幹部的事了，就算有，她也覺得自己不該再一味地逃避下去。

白湘菓一直很清楚，她不能永遠依賴別人，她該試著學習去正視難題了。

§

白湘菓答應接下幹部後，社長便在一週後依據六個人的能力把詳細的幹部名單列出來了。

楚于嫺在決定校慶表演的舞曲時，展現的領導能力使得她被選為社長；白湘菓在期末晚會的精湛舞技，讓她被眾幹部全票通過為教學；而江思的能言善辯，則讓她被選為公關。

會這麼迅速地在短時間內便擬好名單，是因為兩週一次的社團課扣掉段考週，其實所剩無幾，大概在六月中旬便會結束。

由於有些幹部需要交接，並提早上任親身實作，不僅熱舞社，幾乎所有社團此時都為此忙碌著。

而熱舞社又比其他社晚開始著手此事，因此白湘菓等人連沒有社課時也會空下時間學習，為的是確保上任後能更快適應。

因為不同幹部是分時段進行，白湘菓沒有與楚于嫺和江思一同練習，而是與另一人。

持續好一段時間，她都沒與兩人和以前一樣談天了，除了因為時間錯開外，她還察覺到楚于嫻最近似乎有些不對勁。

但白湘菓只是憑楚于嫻心事重重的模樣臆測罷了。

這週輪到教學們放學留練交接事宜，因白湘菓的直屬是較嚴格的教學，她不敢懈怠地多待了一小時，回到宿舍已是九點多了。

她身心俱疲地緩步走到寢室門前，才發現自己的房卡放在包包深處，被許多講義給壓著了，懶得翻找的她心想著楚于嫻聽到自己回來的聲響，鐵定會如以往一樣上前幫她開門的，便索性站在門前等候。

呆站了一會，她是聽到了裡頭有了動靜沒錯，可怎麼等就是沒聽見楚于嫻走來門前。

正當白湘菓納悶地要敲門時，便聽見楚于嫻的聲音突地上揚幾分，聽上去似乎有些惱怒，好奇心促使她放下舉起的左手，將耳朵湊近了門板，想聽個仔細些。

寢室裡，楚于嫻躺在床鋪上，單手持著手機，另一隻手激動地在空中比手畫腳，「她們漾舞的可不可以別這麼搞，我現在根本不知道該怎麼跟湘菓講，天……」

聽到楚于嫻用著鮮少出現的語調怒罵，內容甚至還提到自己，白湘菓頓時懵了。

她錯過什麼事了嗎？

「喂，妳小聲點好嗎？這時間湘菓應該要回來了，要是她等下聽到看妳怎麼解釋。」江思坐在下方的書桌前，一聽楚于嫻沒拿捏好音量，隨即著急地丟了外套上去。

外套完美地落在臉上，楚于嫻看著眼前突然刷黑，也沒打算移開外套，不在乎地應了聲：

「噢，對，我太生氣了，一時間忘了這事。」

「唉，沒時間生氣了，我得去跟其他幹部想想辦法了。」社長無奈的聲音自電話另一頭傳來，她幽幽地提醒道：「記得找時間跟湘菓說，別指望我會幫妳做啊，就把這當作是上幹前的一個磨練吧。」

還來不及哀嚎，楚于嫺就被社長給無情地結束通話了。

「我總覺得湘菓聽到這事會比誰都難過。」

江思此話一出，楚于嫺放下手機，望著白花花的天花板，問道：「怎麼說？」

「據我對她的了解，跳舞佔她生活很大一部分。」江思把伸直的腳收回椅子上，雙手抱膝，下巴抵上光滑的膝蓋，淡淡地說：「我其實不太清楚，但她之前大概有跟我說過。我想應該是發掘跳舞是興趣的時機，剛好是在她最孤單的時候，所以她一直把跳舞視為滿重要的存在。」

「慘了，聽妳這麼說，我覺得湘菓聽到熱舞社要被廢社一定會崩——」話還未說完，楚于嫺便聽到寢室門喀喇一聲，似是有東西撞著般，直覺有異的她立刻坐起身，直直望向門，忐忑地嚥了嚥口水。

撞擊聲是門外的白湘菓發出的，方才兩人的談話聲趨漸小聲，內容卻愈來愈讓她隱隱感到不安，幾乎要貼上門板的她，在聽到楚于嫺最後一句話後，她的頭便不受控地撞了上去。

知曉裡頭的兩人肯定聽得一清二楚，白湘菓乾脆地敲了敲門。

不久，江思打開門，映入眼簾的是嚇傻的白湘菓，她便知道對話全被聽見了。

「我聽到了。」白湘菓神情淡然，關上門的動作卻有些生硬，「發生什麼事了嗎？」

楚于嫺怔怔地張了張嘴，眼前的白湘菓和以往相同，清秀的臉蛋沒有半分情緒的痕跡，卻令她感到格外陌生。

「妳應該也聽到了，我們熱舞要被廢社了。」江思自知無法再隱瞞白湘菓，輕輕嘆息，「學校正好在清小社團，我們今年學員只剩十個，而且維持好幾年了。」

「就因為這樣？」白湘菓狐疑，她不認為學校有這麼無事可做到要廢除小社。

「當然不只，學校沒這麼閒突然廢社，是漾舞去控告的。」江思想到就來氣，沒好氣地翻了個白眼，「說什麼我們舞風重疊，且沒有一致的風格走向。」

確實，漾舞和熱舞皆有New Jazz，但前者是專精於此，後者卻是各項融合。

白湘菓仍不明所以地眨著眸，「為什麼要……沒事控告這個？我們有做了什麼嗎？」

「這個說起來很幼稚，但這的確是學姊她們打聽到的消息沒錯……」楚于嫺欲言又止，無助地看向江思。

接收到楚于嫺的眼神示意，江思暗暗嘆息，「還記得嗎？妳末晚的貼文不是上了熱門？那篇有個影片是妳的直拍，卻比她們整社的影片觀看數都還要高。」

§

江思所言沒錯，雖然白湘菓壓根就沒留意這事，但影片觀看次數的明顯差距和討論度，是每個人皆有目共睹的。

學生會會把各項活動的影片放到論壇上，無論是社團表演或是運動賽事皆是如此。要是有仔細觀察各個數據，便能發現以往一向是漾舞社的影片觀看數遙遙領先，其次則是吉他社和嘻研社，熱舞社則通常都寥寥無幾。

可白湘菓的直拍，既不是由學生會攝影組拍攝，也不是社團整體的舞台，單憑個人直拍的觀看數就高過漾舞社，更高於其的經典舞台成為眾片之首，甚至過了幾個月數據仍在增加。

種種數據皆顯示了白湘菓突地竄升的人氣，以社長對漾舞社為人的了解，幹部們很快地便將所有事連結起來。

不過，起初她們原以為只是漾舞幹部們的主意罷了，畢竟喜歡陰險地使小伎倆似乎是漾舞社的傳統，幾乎每年都會鬧出一些事，因此聽到又是漾舞社在從中作梗時，並無感到特別訝異。

可直到漾舞社長主動來澄清時，她才知曉這次根本是她們猜想錯了。

漾舞社的高二幹部們早已將社內事情交由新幹部處理了，僅在旁給與提點而已，基本上新幹部要做任何事，只要是合乎常理便不會插手。

但這又讓人不解了，要是知道學妹們要和校方控告要廢社，那為何沒有阻止？

原因是，那時提議要把熱舞社廢掉的是一名在社內較有聲勢的學員，同時也是新幹部之一。讓高二幹部們避而遠之，作風極為大牌的人便是與江思同寢室的室友。

江思聽到這事時，驚愕地下巴都合不攏。

「我到現在還是沒辦法接受欸，她回到宿舍常打擾我也就算了，到底為什麼不好好在漾舞社待著就好，一定要搞這種事？」江思瞪著前方的電腦，密密麻麻的文字看得她頭疼，煩躁地拆掉隨意紮起的包頭。

楚于嫺單手支著額，生無可戀地看著書桌上的文件發愣，有氣無力地說：「妳不是早就知道她是漾舞的還很機車嗎？怎麼就沒一點心理建設呢……」

「我怎麼會知道她可以機車成這樣啊？對她零好感，我當然也就對她一無所知了。」江思轉頭，自嘲地說：「妳相信嗎？我連她叫什麼都不知道呢，結果人家已經開槍了，還射得我們渾身是血。」

「唉，真諷刺。」楚于嫺重重地嘆息，無奈搖首。

聽見另一聲嘆息同時自右方傳來，江思又將頭轉向白湘菓，見方才還專注地瀏覽電腦頁面的她已不支倒地，輕輕笑了，「我說湘菓啊，不是只讓妳看個照片而已，妳這該不會是看到累了吧？」

白湘菓側趴在桌上的頭點了點，「好累，我很少看這種東西，好複雜。」

「是妳太少用才這麼覺得好嗎？」江思沒好氣地吐槽，「之前在體育館前不是才見過嗎？怎麼這會就看不出來了？」

白湘菓滾動著滑鼠滾輪，將頁面停在其中一張照片，「那次是遠遠地看而已，看不清楚嘛。」

不久前，知道白湘菓對室友的臉都毫無印象，江思邊無語還是邊幫她開好社群上室友的個人檔案了，好讓她把上頭的照片好好看個仔細些。

在白湘菓認真地研究著社群頁面時，楚于嫺和江思則忙碌於撰寫和學校商量廢社事宜的文件。

白湘菓盯著照片半晌，才將眼前化著稍濃眼妝，帶有攻擊性的嬌嬈面容記下。

江思又補充了句：「她可是連我們校慶表演都敢動手腳的人啊，得好好記著。」

早就覺得校慶時的報名一事可能是有心人所為的社長，在探聽到廢社是漾舞社提起後，便合理懷疑到她們頭上了。

「確定是她做的了？」白湘菓關掉螢幕，往後靠到椅背揉著發痠的眼睛。

楚于嫺聳聳肩，「不太確定，只是思會那樣講是因為她朋友不就是負責繳交報名表那個嗎？然後她又把報名表轉給別人幫忙代交，那個人剛好就是漾舞社的。」

「而且那時候還回答不出個什麼，我想大概是心裡有鬼才這樣，應該八九不離十吧。」江思長嘆一口氣，「唉，真苦命啊，剛上幹就遇到這種狗事。」

聞言，白湘菓回過頭望著兩人苦惱於文件的背影，雪亮的雙眼不禁黯淡了幾分。

知曉熱舞社會被廢除的主因是自己後，白湘菓既無法接受，更感到十分自責因她害了整個社團。

要是她沒有負責領舞，或許就不會受到眾人注目，就不會引起江思室友不滿，更不會淪落到需要向校方請求留社的處境了。

簡單而言，到時若真被廢社有很大部分是她導致的。

每當她想到此事，便覺得倍感壓力，胸口彷彿被沉石壓得難以喘息，一向平靜的內心也纏上層層愁緒。

就如那日在門外聽到江思所說的：白湘菓完全無法想像自己的生活少了跳舞會是何等無趣，是否又將回到枯燥平板的日子？

她敢說，她比社裡的任何人都還要看重跳舞，曾經陪她度過最孤獨的歲月，也填補了心靈的空缺，使她對生活的重心不再是只有家人和殷檽枫了。

她一直很珍惜著所擁有的，那些都有一定的份量被她好好存放在心中。

許久，白湘菓伸手拿起桌上的手機，瞥了眼上頭的時間，打開LINE，習慣性地點至被她釘選在最上頭和殷檽枫的聊天室。

不喜歡打字的他們聊天通常都是用電話，因此畫面放眼望去盡是通話記錄，只有少少的文字訊息穿插其中。

距離上一次的通話已是半個月前，白湘菓告訴殷檽枫確定要選幹一事後，便沒後續了，最近也鮮少在學校碰面。

雖然她已經漸漸習慣沒有殷檽枫在旁，隨時想見面只需要走到對面的日子了，但當她情緒低落時，還是不免會念起過往。

她好想在對話框打上幾個字，哪怕只是問問他此刻在做些什麼也好。

但最後她還是斂下眸，果斷地把手機螢幕給關了。
殷楀杋還有社團活動忙著呢，她可不能因為自己心情不好就礙了他啊。

第七章

楚于嫺和江思兩人合力把文件內容搞定後，再聯同幾名大幹部去和校方央求廢社一事，與校方談了幾個條件後總算把廢社決議延後。

學校讓熱舞社這屆幹部得以續留，但高二不能再收新學員，也就是說，到時整個社幹部加學員便只剩八人而已。

雖成為幹部的意義大幅減少許多，人數還少得可憐，頓時變為全校規模最小的社，不過眾人也不敢再要求更多了，校方能給與一個機會讓她們好好體會社團生活就很滿足了。

知曉這事後，白湘菓懸著的心也放下不少了，至少她可以減輕那個罪惡。

因為在期末社內成發時就得知此事，那時還是六月初，因此並未影響到她段考，反倒是不少人因為社團忙翻，也因間隔時間較長而輕忽了期末考，她的校排往前不少。

感覺日子霎時明朗許多，又迎來引頸期盼的暑假，白湘菓此時的心情總算稍稍恢復正常。

沒有暑輔和補考的白湘菓，打算和殷楀枫回家度過長假。

由於白湘菓將事情藏得好好的，殷楀枫很晚才得知熱舞社所發生的事，要不是他從八卦的考大常那聽說，不知要到何時她才會告訴他了。

本想趁著坐公車時問個清楚，畢竟自己渾然不知白湘菓的事讓他很是吃味，儘管從考大常轉述中略知一二了，但那終究是片面之詞，他想聽她親自說。

不過，這也只是他的計畫而已，上車後沒多久便華麗麗地失敗了，全然忘了下山時的山路會讓白湘菓暈車，便只能無奈地縮回所有話語。

見白湘菓很自然地頭靠在自己左臂膀上，殷檁杋有些無語，唇角卻微微失守。

突地，放在長褲右側口袋的手機響起，殷檁杋迅速地按下關機鍵，清脆的鈴聲瞬時轉為震動，他這才緩緩掏出手機，滑開通話鍵接起。

「喂？」聲音壓得很輕，深怕吵醒身旁人兒的他連忙提醒道：「小聲點，她在睡覺。」

「好好，知道了。」另一頭的郁子筲聽見自己都還未說話就先被殷檁杋給打住，不禁搖首，「我打來只是要問你們要不要喝飲料而已。檁松說天氣很熱想喝，剛好待會路上有，就順便問你們，一起叫。」

「好。」瞥了眼仍熟睡的白湘菓一眼，「跟平常一樣就好。」

「跟平常一樣？」郁子筲輕哂，忍不住揶揄：「確定要在菓菓面前喝？」

清楚郁子筲說的是什麼，殷檁杋眉宇抽了抽，「……閉嘴。」

「我沒說什麼呀。」郁子筲又笑，溫潤好聽的笑聲在殷檁杋耳裡聽來格外刺耳，「就這樣了，等會見噢。」

「掰。」匆促地結束通話，殷檁杋一想到待會便要見到令他直翻白眼的郁子筲，好心情倏地蕩然無存。

更不用說郁子筲還會「不經意」地搶走白湘菓了。

崎嶇不平的山路過了後，不用多久便會到他倆家附近的公車站了。窗外熟悉的街景映入眼簾，殷樢杋提早把零散的行李塞到自己的行李箱，好讓下車時不需手忙腳亂。

因為是回來住將近兩個月，兩人幾乎把在宿舍一半以上的衣物都給帶上了，重量明顯比寒假時沉重許多。考量到這些的他只留下一個隨身包給白湘菓，自己則背起行李袋和她的行李箱。

為讓白湘菓能再多睡一會，殷樢杋全程動作輕柔，直到按下車鈴時才喚醒她。

白湘菓緩緩睜開迷濛的雙眼，恍惚地跟在殷樢杋後頭下車後，見他身上大包小包，似曾相識的景象讓她下意識問道：「你拿好多，要不要幫你拿？」

「我拿就好。」見白湘菓仍愣在原處，壓根沒留心身旁呼嘯而過的車輛，他一把拽住她的手，將她拉至內側，「連旁邊的車都沒在看，還想幫我拿。」

白湘菓慢了幾拍才應聲，語速極慢：「噢……我沒看到有車。」

他這會徹底無語了，「……當我沒說。」

她剛根本沒張開眼睛吧，不然旁邊沒車是……自動屏蔽嗎？

殷樢杋胡亂猜想著，不禁為剛睡醒的白湘菓捏把冷汗。

彎進巷弄裡，他倆這次一同走進米色建築。

稍早白家兩老和郁子筲到高鐵站，早在六月中就放暑假的白沐爾領著無所事事的殷樢松把人給載回來了，此刻正在白家客廳談天著。

看見兩人進屋，兩老隨即熱情招呼：「回來啦，趕緊把東西放一放坐下歇歇。」

「爸，媽，你們好久沒回來喔。」白湘菓坐到一旁的沙發，靠到白母身上撒嬌。

白母有些歉疚，「一直被事情給耽擱了，抱歉啊。」

白湘菓搖首，伸手翻找桌上的塑膠袋，「沒什麼啦，反正我現在在學校也過得挺好。」

把行李拿到樓上白湘菓的房間放好後，殷楀枫一下樓看到此景，一個箭步向前搶先拿走其中一杯飲料。

她疑惑地微蹙起柳眉，「怎麼了嗎？拿這麼急。」

殷楀枫故作鎮定地搖頭，「沒，很渴。」

見狀，郁子筲冷不防地笑了，笑容帶著幾分玩味，「很渴啊……」

「對。」見他不懷好意地笑著，殷楀枫不覺背脊發寒，似乎能猜到他接下來會說些什麼。

郁子筲修長的雙腿交疊，氣定神閒地望向殷楀枫，眼底盡是笑意，「可你喝的飲料不會解渴啊。」

知道他大概又起了玩心，而對象正是自己，殷楀枫隨即打住：「……你別吵。」

「好呀，我不吵你。」郁子筲頷首，轉而朝斜前方的白湘菓喚道：「菓菓啊，妳暑假有什麼規劃嗎？」

不解兩人究竟又為何而吵的白湘菓，怔怔地回頭：「啊？沒有吧……學校也沒什麼事，可能就待在家？」

「一直待在家會爛掉喔，要不要找個時間出去走走？」郁子筲神情寵溺，與方才還在捉弄殷樢枫的模樣判若兩人，「高雄好像沒什麼好地方可以去了，嗯，不然……台南好像不錯？」

白湘菓眼神閃爍，感興趣地猛點頭，「好啊，都好，可以跟子筲哥出去就很開心了。」

「好，那我我晚點來找找地方。」聞言，郁子筲滿意地勾起微笑，一雙好看的鳳眼瞇起，得意地朝瞪著自己的殷樢枫揚了揚下巴。

「子筲啊，你就順便把這幾隻也帶出去吧，看要去哪都行，別跑太遠就好。」剛才靜默的白父出聲：「我不放心沐爾這傢伙，就拜託你了啊。」

白沐爾只是坐著也無故中槍，他激動地反駁：「什麼啊？爸，郁子筲這傢伙才不能放心吧？」

見郁子筲才說沒幾句話便一次把白沐爾和自己都給搞定，還輕鬆地取得白父的信任，殷樢枫不禁嘆息。

他能不能別把這幾年學到的交際手段用在這啊……

§

大夥兒暑假都挺閒的，郁子筲和白沐爾七月沒安排任何行程，八月才需要上台北忙各自的事務；苑杏只讓高三生上暑期輔導課，成績優異且各科平均的兩人也不需補考，近開學時再回校即可；剛會考完的殷樢松就更不用說了，暑假都不知放多久了。

且為了獎勵考上第一志願的殷楀松，便把出遊地點決定權全交予他了，好讓他能藉此放鬆一下。

殷楀松提議到海邊走走，崇尚自然的他認為夏日就是該去吹吹海風，負責規劃行程的郁子筲也挺認同的，隨即就將地點定在觀夕平台了。

其他兩人也沒什麼意見，沒多想就同意，反倒是白湘菓就有些抗拒了，慵懶如她，能待在室內且不需費太多力氣的行程一向是優先選擇的，但疼愛殷楀松如親弟弟的她，最後還是無奈地妥協了。

「反正我們也去一天而已呀。」出遊前日，郁子筲見她仍是一副生無可戀的模樣，感到有些好笑，「早上出門，大概中午到那裡吃飯，下午太熱了，可能會去附近有冷氣的地方逛逛吧，傍晚再去海邊看看夕陽，不會太累人啦。」

白湘菓托著腮，一想到要走出家裡便覺疲倦，半瞇起眼，無力地說：「是這樣嗎？」

「是啊，菓菓妳別擔心這些，郁子筲這人妳還不了解嗎？什麼都不會，最會的就是規劃有的沒的了。」白沐爾坐在客廳目不轉睛地看著電視，聽到寶貝妹妹對出遊一事不感興趣，哄她的同時不忘數落某個阻礙他和妹妹培養感情的人，「而且覺得無聊了話，哥可以陪妳玩啊。」

「我什麼都不會？真好笑，我要是真這樣那你不就一無是處了嗎？」郁子筲壓根沒把白沐爾的話語放心上，只是彎起薄唇，「妳哥說得沒錯，不用怕我規劃出不好玩的行程，好嗎？大不了我再偷帶妳去其他地方繞繞也行，嗯？」

郁子筒俊美的面容近在咫尺，還用著低沉富有磁性的嗓誘惑她出門，白湘菓頓時被安撫地服服貼貼，「好，你說的喔，那我明天就跟著你好了。」

白湘菓說完便上樓拿衣服盥洗了，郁子筒隨即朝瞠舌的白沐爾比了勝利的手勢，眉飛色舞的模樣讓後者恨不得上前和他來個你死我活。

洗完澡便直接過來白家的殷樠松，進門恰好目睹白沐爾不知是第幾次的敗仗，單手隨意地擦著濕髮，徐徐走到殷樠杋身側，「子筒哥真的很會說話啊，哥要加油了。」

殷樠杋頷首，雖不想承認但也深有同感，「……真的。」

郁子筒著實很擅長說話，而且最常把這項長處運用在他身上。

在這幾年他的觀察下，他發現郁子筒的興趣大致上就是兩個，一是調侃他，另一就是誘拐白湘菓跟他出去。

對他而言，就是一個該死的妖孽在哄騙無知的小貓。

就這樣，五人彼此都帶著不同的心境出發了。

碰上旅遊旺季，車程比預估多了半小時，到台南時已過十二點了。

這趟旅程雖說是經過郁子筒精心規劃的，但實際上並未安排過多的景點，畢竟僅是一日遊，時間上也不夠充裕，因此撇除觀夕平台之外，其餘皆是彈性的。

隨意找了個不需等候的店家簡單吃過飯後，他們依白湘菓的提議到了鄰近的百貨公司。

童心未泯的白沐爾一聽殷楀松想玩機台，就帶他到別樓層玩耍了。
餘下的三人，由白湘菓走在前，郁子筲和殷楀枫則緩緩走在後頭，跟著她進了一間飾品店。
「怎麼菓菓會突然想逛街？她不是沒什麼興趣？」他倆站在門口處，郁子筲望著穿梭在各式配件的白湘菓，疑惑地問。
殷楀枫聳肩，不確定地說：「好像說是要挑她朋友的生日禮物吧，她沒講很多。」
「挑禮物？還特地來百貨公司挑，肯定交情不錯嘍？」郁子筲感到有些新奇，「我還是第一次看她做這事呢。」
「確實，她不是個很重視生日的人。」殷楀枫頷首，見白湘菓手中拿著一頂磚紅色的貝蕾帽，神情專注地打量著，「可能因為是難得交到的朋友吧。」
「是說，菓菓高中過得應該好很多吧？上次回來聽你說她在學校很有人氣。」
「我原本也覺得過得比國中好很多，但最近她們社團又發生一些事，所以……我也不確定。」殷楀枫欲言又止，「我只能說，人氣高跟過得好是兩回事吧。」
「這樣啊。」郁子筲了解地點點頭，不打算多問，看白湘菓此時已走到櫃檯前結帳便又趕緊問了句：「既然是最近的事，那你有和她聊聊嗎？」
「沒有。」見郁子筲不解地看向自己，殷楀枫嘆息，沒好氣地說：「本來這幾天要問的，但她一直黏在你旁邊，是要怎麼好好聊？」
「啊，原來是這樣嗎？」郁子筲佯裝惋惜地驚呼，「抱歉啊，我不是故意的，我也不想打擾你們。」

白湘菓提著提袋走來，見兩人表情極度地對比，似乎還在爭論著些什麼，納悶地來回看著兩人，「你們怎麼又在吵架了？」

郁子筲聳肩，看向面無表情的殷楀杋，宛若旁觀者般地同樣感到好奇。

後者再度嘆息，決定忽略眼前這總能自然地把問題推到自己身上的妖孽。

§

在市區的商圈大略逛過後，他們緩緩駛到今日主軸——觀夕平臺。

傍晚時分，不少慕名而來的遊客有些在海灘上踏浪，有些則坐在一旁的堤防上觀賞日落。

夕陽被雲層半掩住，暖橘色渲染了整片天空，見到此景的幾人停好車便迫不及待地衝向海邊了。

雖只依殷楀松單單一句「想去海邊」，無任何明確建議地點，郁子筲仍舊搜尋了不少資料，並在短時間內便定好在此處了。

無論是綠意盎然的防風林、遠處屹立百年的白色燈塔、規劃完善的步道等，以及一望無際的湛藍海面，放眼望去的景色怡人皆為他考量的點。

「還不錯吧？」郁子筲輕笑，對身旁看得目瞪口呆的白湘菓問道：「很漂亮吧。」

「真的好漂亮……」白湘菓驚嘆不已，雪亮的雙眸閃爍著，「我沒想過有這種地方，我還以為會是那種很多人，然後又沒什麼特別的海邊而已。」

「當然不是，那種是給喜歡去海邊玩的人去的，不適合菓菓，我又怎麼會選這裡呢。」郁子筲輕揉了揉白湘菓的頭髮，「喜歡嗎？」

白湘菓雀躍地猛點頭，「喜歡！而且這裡的海風好涼噢，很舒服。」

這時候的海邊應該都是這樣吧。

郁子筲心想，但寵溺白湘菓的他沒特別開口反駁她，只是笑而不語。

呆望了景色許久，白湘菓突地察覺身旁少了人，納悶地問：「咦，杋他們呢？」

郁子筲長臂一伸，指向不遠處的三人，「他們邊踏浪邊走到堤防那裡了。」

另一頭，雖說看上去是在踏浪，但實際上只有殷槅松和白沐爾正這麼做罷了，殷槅杋與他倆保持著距離，默默地站在後方。

殷槅松微彎著身子，手掌成杓狀撈起水，邊朝白沐爾的小腿潑去，邊看向明顯心不在焉的自家哥哥，「哥，你怎麼沒留在那跟姊一起看夕陽？」

殷槅杋淡淡地瞥了他一眼，「她有人陪著。」

「怎麼聽起來有點委屈？」白沐爾見殷槅杋一臉鬱悶，忍不住笑了，「瞧你這副喪氣樣，沒說人家還以為你失戀了呢。」

「嗯，你說得沒錯。」殷槅杋神情淡漠，「我的確覺得我好像失戀了。」

「失戀？」白沐爾回望了仍好好站在原處的寶貝妹妹，不明所以地問：「怎麼啦？她看起來不像有喜歡的人啊。」

沒等殷楀杋回應，殷楀松便搶先說道：「哥是指子筲哥吧。」

半晌，殷楀杋頷首默認，白沐爾見狀有些傻了，「啊？子筲？」

殷楀杋又點頭，「嗯，經過我一段時間的觀察，我覺得這不是不可能的，畢竟他們沒有任何血緣關係。」

「不可能，你想太多了啦，子筲那傢伙怎麼可能喜歡菓菓，差了六歲……不，快七歲了，你忘了他說過很排斥小兩歲以上的女生嗎？」白沐爾一口氣便說出一長串否定了殷楀杋的話。

「這我知道。」殷楀杋眼眸深沉，「不過我不是說他，是指懶懶。」

「……應該不會吧。」此話一出，覺得有點道理的白沐爾也不敢斷言了，看到正走近他們的話題本人，更是不肯定了。

白湘菓和郁子筲並肩走著，兩人的相貌和散發出的氛圍，確實不會讓旁人猜測是家人之類的關係，反倒會認為是小倆口。

見眼前的三人呆立著，白湘菓不解地偏頭，「你們怎麼都站著不動？」

「可能我們走過來嚇到他們了吧。」郁子筲把白湘菓拉到另一側近殷楀杋處，「楀松，你剛不是說口渴？要不要跟我到那裡的超商買飲料？」

語畢，郁子筲朝殷楀松和白沐爾使了個眼色，兩人隨即反應過來應聲，便隨他走了。

方才走過來時，沒注意音量的白沐爾說的話多少入了郁子筲耳裡，雖沒聽清楚，但大概猜到意思的他便連忙帶兩人離開了，留下他倆好好相處。

「怎麼又突然走了？」白湘菓很是納悶地微蹙柳眉，仰起頭，「你們吵架了嗎？」

「沒有，我們沒怎樣。」殷楀枫有些忍俊不禁，「大概只是純粹帶楀松去買飲料吧。」

「是噢。」白湘菓半信半疑地點點頭，海風吹得她眼睛乾澀，微瞇起杏眼，「枫，你為什麼要一直站著不動？」

「我只是沒打算碰水，跟妳一樣。」聽她不斷地拋出問題，他不禁感到好笑，「走吧。」

她眨了眨水眸，「去哪？」

「帶妳去堤防那看看。」他抿起唇，輕扯了下她纖細的手，「那裡可以坐著看夕陽，視野很好。」

拎著白湘菓走了一小段路，途中經過人群時，殷楀枫為避免受注目自然地鬆開手，直到上堤防時才又伸手拉她上去。

找了個沒人的邊角坐下後，見白湘菓新奇地四處張望，殷楀枫輕笑，「喜歡這裡的景色？」

「喜歡。」白湘菓展露難得的笑顏，「多虧枫帶我上來才看得到。」

「喜歡就好。」

殷楀枫知道郁子筲是讓他倆能獨處才藉機帶走其他兩人的，畢竟郁子筲沒把事做得隱晦，明顯地能看出來是刻意安排。

他想，郁子筲會這麼做絕不是疏忽，想必是別有用心才會不加修飾。

郁子篙大抵是也希望白湘菓多少能察覺吧。

可此時的白湘菓看上去仍是狀況外的模樣，絲毫不覺有異。

殷槁杋輕嘆，怎麼都喜歡快三年了還沒察覺啊……

§

在內心探討白湘菓為何如此遲鈍一番，不禁怨嘆起人生不如意的殷槁杋，平定了情緒後，索性開啟新話題。

殷槁杋輕點了下白湘菓，「對了，我一直想問，妳們熱舞被廢社到底是怎麼一回事？」

「嗯？」白湘菓回過頭，神情淡然，「你想聽哪些？」

「全部。」有關她的，他都想知道。

「這樣啊……」她喃喃道，說得輕描淡寫：「其實也沒什麼，就是漾舞的去跟學校控告我們舞風重疊，又剛好學校在清點小社，就這麼被廢了。」

「什麼時候的事？」殷槁杋眉宇微擰，納悶地問：「漾舞沒事去告妳們做什麼？」

「我是最後一個知道的，但我推測大概是五月中的事吧。」她斂下眸，「因為我末晚的影片人氣比她們高，她們看不慣就去控告了。」

他語調上揚了幾分，「就因為這個？無聊。」

「還記得我們校慶報名表的事情嗎？」見他點頭，她輕笑，「那也是漾舞做的，大概很早就討厭我了才這麼搞，結果那次在論壇的討論度仍然很高，激到她了，於是就乾脆更狠，直接廢掉我們。」

「她？所以只是一人所為？」

她聳聳肩，「嗯，但我不認識她，只知道她是江思室友。」

見她仍是一貫地慵懶模樣，清麗的臉蛋不帶任何情緒，殷檇杋不解地說：「一個妳不認識的人這麼對妳，妳都不會生氣嗎？」

「生氣嗎？當然不會。」白湘菓彎起笑眼，湊近他，「你忘了我很懶得有情緒嗎？」

一張笑臉突地在面前放大，他下意識後退了些，驚嚇中還帶有幾分心動，嚥了嚥口水，「……但這種事也不能懶吧。」

「就覺得不值得讓我生氣呀。」她退回原處，手放下支著地，粉唇微微抿起，說得很輕：「要也是難過吧。」

「怎麼說？」

「喜歡的東西差點就要因為自己而被剝奪，甚至整個社團都遭殃，如果真被廢社了，對我而言，就是一夕之間失去我很珍視的所有。」她收起笑容，「我會很自責。」

殷檇杋清楚白湘菓重視的事物稱不上多，卻每個都息息相關，例如社團和跳舞，兩者幾乎並存，而這其中又包含了江思和楚于嫺，僅有的兩個知心朋友。

若是廢社，她不是僅需要面對失去而已，更過意不去因為自己而連累了她們。

思及此，殷楀杋不覺捏了把冷汗，還好校方最後寬容地讓熱舞得以再留存一年，不然他無法想像白湘菓會多麼崩潰。

「那妳現在感覺如何？」

「現在噢……還是挺愧疚的，畢竟我還是害了大家，讓她們不能體會帶學員的社團生活。」白湘菓略仰起頭，望向半露出的橘紅夕陽，掐指算著，「我們社團沒有舞展，任何各校活動都沒有我們的份，只剩下校慶和晚會而已，又沒學員帶，學的東西大部分高一都學過了，社課會變得無趣。」

聞言，殷楀杋不禁同情起熱舞社，明明舞蹈性質的社團應是活動滿滿，卻比他所在的籃球社都還要無所事事。

「學姊她們也是很辛苦，聽說我這屆剛好特別少人，還破歷史新低吧，但她們也沒多怨，對我們仍然很用心親切，跟其他社差多了。」她輕嘆，一聲嘆息裡摻雜了無以名狀的愁緒，卻仍面無波瀾地低聲說道：「所以我更該陪楚于嫺她們撐起熱舞才行。」

「靠幾個人的力量撐起，會很累吧？」他疼惜地撫了撫她的頭，溫聲道：「受得住嗎？」

「受不了也得接受呀。」白湘菓淡淡一笑，「也就只剩這麼一年了，以後想也沒機會了。」

「有事可以跟我說的，懶懶。」他知道白湘菓不喜麻煩別人，更清楚她的心境成熟不少，不再是那個凡事都需要先過問他的女孩了。

「會的。」白湘菓晃了晃頭，欲把影響她好心情的煩惱一掃而去，纖指指向天空，語調多了分生氣：「別說那些了，杋你看那，在這裡看日落真的好美喔。」
順著手望去，隱入海的夕陽染紅了海面，或黃或橘的天空勾勒出壯麗的晚霞景緻。
殷槅杋側過臉凝睇，夕陽餘暉傾落在白湘菓澎潤的頰上，顯得格外緋紅，眼底映著微煦光芒，捲翹的睫毛一眨一瞬間都迷人心醉。
他倒覺得她比夕陽美上許多。
「看著日落就好像身心靈都被淨化啊。」
殷槅杋失笑，「是不是不想回家了？」
她吐了吐舌，「有點。」
「看來妳很喜歡。」輕拍了下她的額，殷槅杋站起身，撥掉褲子的沙粒，「但我們得走了，時間差不多了。」
她有些依依不捨，伸出雙手讓他拉起，「好吧。」
他像在哄小孩似地又回頭柔聲道：「有機會可以再來的。」
走下堤防，郁子筲等人已在不遠處候著了，回程換白沐爾開車，在他要先行離開去發車時，郁子筲又讓殷槅松把白湘菓一併帶過去了，留下懵然的殷槅杋。
殷槅杋挑起眉，「幹嘛？」
「別那樣看我，搞得我會把你吃了似的。」郁子筲擺手，「我聽沐爾他們說了，你覺得菓菓喜歡我，是嗎？」

他被郁子筲的單刀直入嚇得一愣，「……嗯，挺有可能的。」

「我先說，雖然沐爾跟你講過我的原則了，但我還是再重申一次吧。」郁子筲深深吸氣，內心百般無奈，實在不知自己為何需要向表弟說這種事。

「首先，我最多只能接受比我小兩歲的，再來呢，菓菓對我來說就是妹妹一樣的存在，我疼她比疼你還多你也知道，最後，我知道你喜歡他，我就更不會對她有什麼其他想法了。」

聽郁子筲沒停歇地順暢說出一大段話，殷槁枫暗自佩服的同時不忘回應：「就算你不會，我也沒法確定她是否喜歡你。」

「不會吧……」郁子筲有些遲疑地搖首，「我感覺菓菓不會，她不是總說她不喜歡像她哥一樣囉嗦的人嗎？」

「那是僅限於她哥，好嗎？」

「也是。」郁子筲差點就把白沐爾這超級妹控給忘了，「但我想應該不至於，頂多就是喜歡黏著我罷了。」

「是嗎？」

「是啊。」見殷槁枫仍不相信，郁子筲嘆息，盡可能地繼續說服：「不然你想想看，雖然我回來的時候總是跟著我，但她完全不會跟我說心事，我想這點應該很明顯，不太講心事的她，你一問卻全部都可以告訴你，這不是代表你對她而言很重要嗎？」

第八章

閒來無事的時光總是過得特別快，白湘菓的暑假幾乎有一半都處於休眠模式，感覺沒做了些什麼就到了八月。

由於郁子筲有公務在身，白沐爾也開始實習的生活，兩人八月初便回北部忙碌了。

本來打算月底才回學校的白湘菓和殷檣杋，因為楚于嫺臨時起意要到外頭吃飯幫江思慶生，就索性把行李一併收拾好提早回校了。

沒有先把行李整理妥當的白湘菓，今日早早就起床漱洗了。原以為自己總算比殷檣杋還早起，正感到欣喜地下樓吃早餐時，就見他好整以暇地坐在自家餐桌邊了。

白湘菓因驚訝而停下愉悅的步伐，跨出的腳停在半空中，要是左手沒有習慣性地撐著牆，她大概會被嚇得踉蹌滾下樓。

戴著耳機的殷檣杋沒注意到她的出現，於是她躡手躡腳地走近，繞到他面前的空位坐下。

殷檣杋對突地晃進視線的白湘菓也同樣感到訝異，那雙桃花眼略微睜大了些，把音樂給暫停後，摘下耳機，問道：「妳怎麼這麼早起？」

「我才正要問你呢。」白湘菓吐了吐舌，「我還有東西還沒整理好，想說早點起來用，畢竟我昨天很早就睡了。本來想說我可以去叫醒你的，結果你已經醒了還吃完早餐了。」

「我只是想，哥不在就過來幫妳做個早餐，順便把籃球社剩下的事處理好，待會去吃飯才可以拿給大常看看。」殷槅枫啜了口鮮奶茶，突然有了睡回籠覺的念頭。

早知道他就晚點起來了，他還真想體驗看看被白湘菓叫醒的感受呢。

應該會很美好吧。

「這是什麼？」白湘菓指著桌上的幾張紙，上頭寫滿了密密麻麻的字。

把紙整理成疊後遞到她面前，殷槅枫站起身，「妳可以看看，我先去幫妳用早餐。」

「好。」

文件上的內容是社團的行事曆和對應的練習規劃表、社服的設計圖，以及各幹部的幹名。

「你們好快就討論好這些了，我們都還沒開始呢。」白湘菓感到好奇地看著幹部列表，最後目光落在最上方的社長位置，疑惑地問：「咦，你的幹名怎麼叫因因？我以為是枫。」

「其實我們算慢了，有些社期末跟暑假一開始就都用好了。」殷槅枫把餐盤端至她面前，難為情地接著說：「呃，那個是因為我無法想像也不能接受一群男生喊我單名，怎麼想都覺得很詭異……」

白湘菓偏頭，認同地輕輕頷首，「嗯，好像也是。」

殷槅枫瞥了壁上的時鐘，轉頭繼續埋首文件，不忘提醒道：「趕緊吃吧，等等要出門了，那間餐廳離這裡有點距離。」

白湘菓聽話地又點了點頭，拿起筷子把蛋分為一小塊放進嘴裡，若有所思地嚼著。

吃過早餐後，殷楀枫把剩下的早餐拿回自家廚房，並在餐桌上留了張紙條，好讓殷楀松起床時見到空無一人才不會感到落寞。

兩人把行囊整理好，梳妝完畢後便出門了。

雖比預定時間提早出門，也事先查過路線了，轉兩次車的他倆到餐廳時還是晚到了，其餘三人早已坐著等候。

江思正忙碌地把菜盤上的火鍋料放進鍋裡，抬首看了眼兩人，輕輕嘆息，「唉，要是知道你們這麼晚才來，我就不用這麼趕了，害我剛才還沒關電腦就衝出來了呢。」

楚于嫺輕打了下江思，「說這什麼話呢。」

「抱歉，轉車花了點時間。」殷楀枫溫雅地笑了笑，在考大常旁邊坐下，隨後拿出稍早處理好的文件放到他面前。

「楀枫兄用好啦？真快啊，我以為你要回宿舍再用呢。」考大常邊驚呼邊接過文件，「我回去再仔細看啊。」

見狀，白湘菓也把身後的禮物遞給江思，「思，這是給妳的禮物，生日快樂。」

江思驚喜地接過，「啊，謝啦，沒想到妳有買禮物送我啊。不過我記得妳不是沒很重視生日，也不太買禮物的嗎？」

白湘菓淡淡一笑，「想說很難得的朋友，就買了。」

考大常對此感到新奇，湊在殷楀枫耳邊問道：「原來大嫂不過生日的啊，那楀枫兄，你有收過她的禮物嗎？」

「……沒有。」見考大常一副調侃貌，他趕緊又補充道：「我們每天都見，她沒送很正常。」

「是這樣啊……」考大常尾音拉長，晃了晃腦，顯然沒把他的解釋給聽進去。

殷楀枫暗暗在心中嘆息。

楚于嫺捕捉到兩人有趣的互動，不禁漾起淺笑，問道：「所以你們吃完飯會跟我們一起回學校嗎？」

白湘菓應了聲，塞了顆江思剛放到她碗裡的丸子入口。

「那好。」楚于嫺瞥了眼四周，小聲地說：「是說，我剛去倒飲料的時候看到漾舞那群欸。」

「什麼？」聞言，江思語調上揚，音量也頓時大了不少，「那妳怎麼沒有打電話叫我過去？」

楚于嫺被江思忽地提高的嗓子給嚇著，往後退了些，不明所以地問：「叫妳過去幹嘛？」

「當然是過去跟她們好好聊聊啊。」江思拍了下桌子，「平常在學校沒機會吵，現在出來外面沒有理由可以擋著我了！」

江思看似有克制過力道的手勁，仍讓桌面上的空杯搖搖欲墜，白湘菓邊咀嚼著口中的食物，邊把杯子扶好後，不為所動地坐著。

「別激動，這裡雖然不像學校有老師，但可還有別人看著呢。」楚于嫺按住江思的肩頭，「吃飯啦。」

「想到她們就覺得煩躁，該死。」江思沒好氣地睨了對面的考大常，「一定又是考大常的關係，你在好像都會碰上她們。」

考大常一臉懵然，「我？怎麼又是我的問題啊？大姊，妳生氣歸生氣，也別把錯推我身上啊。」

「你帶衰。」江思冷冷地吐槽，拿起杯子一飲而盡。

「關我什麼事啊……」考大常委屈地嘀咕著，拿著杯子站起身，又順道抽走了江思的，「算了，我去幫妳倒飲料賠罪。」

殷楀杋也隨後離座，「我跟你去吧。」

見身旁的兩人享用著眼前的美食，江思長嘆了口氣也加入進食行列，想著今天是自己生日，不想因為一個小插曲而搞砸美好心情，便決定把此事拋到腦後了。

在愉悅的談話氣氛下用完餐，大夥決定到附近市集逛逛。

拿錢到櫃檯結帳完走出店外，白湘菓疑惑地問：「思呢？」

「她去補妝。」楚于嫺解釋道，指了白湘菓後方，「在那呢，她來了。」

「我剛去補妝順便把頭髮拆了，把湘菓送的帽子給戴上了。」江思喬正了貝蕾帽，「剛好跟我今天的妝容色系還有穿搭很配呢，真有默契啊。」

磚紅色的貝蕾帽和唇膏相映，襯得她膚若白璧，陽光下顯得格外明艷動人。

白湘菓莞爾，「嗯，很適合妳，很好看。」

考大常也接著附和道：「大姊戴什麼帽子都很適合啊！」

「雖然你說的是事實沒錯，但我怎麼聽就覺得有點不舒服啊。」江思打了個哆嗦，撫著手臂往前走。

「噗哧，你們倆別這麼搞笑啊。」楚于嫺被兩人的對話給逗笑，笑著跟了上去。

三人在前，留下殷楀杋和白湘菓緩緩走在後頭。

「懶懶。」殷楀杋低聲輕喚道，「妳看斜前方那裡。」

白湘菓循著話望去，便見漾舞社一行人在對街持著手機自拍著。

「看到了。」

她們並未注意到白湘菓等人，而是興緻盎然地拍著照片。

這是白湘菓頭一次近距離地看著站在人群中央的少女，她總算把面貌給看清了。

與相片中的樣貌有些差異，實際的膚色比較深，且上了底妝的臉和四肢有著細看便能察覺的色差。

「思的室友是中間那個。」白湘菓飛快地指了少女後收回手，「不知道為什麼，我覺得她有點眼熟。」

殷楀杋附和地點頭，「我也是。」

「原來枫也這麼認為啊。」白湘菓喃喃道：「眼睛不像，但笑起來的樣子……有股說不上來的熟悉感。」

她又看了半晌，將少女每個角度的臉都給打量了一番，仍然覺得似曾相識。

§

升上高二後，課業明顯加重許多，也因分組的緣故各自有了著重的科目。

白湘菓選了三類組，理所當然地與江思不再是同學了，反倒是江思和楚于嫺同為社會組，被分到了同班。

苑杏這屆的三類僅有兩班，同組的殷楀枫和考大常再度同班，在白湘菓所在班級隔壁。

為此，考大常甚是歡喜，因為他們三年都同班，他就又能繼續纏著殷楀枫到畢業了。

而殷楀枫倒是有些鬱悶，老天大概不站在他這，僅二分之一的機率也無法和白湘菓同班。

不過，白湘菓雖是獨自到新班級，對怕生的她簡直是惡夢，但因三類組男生佔多數，還是讓她稍稍鬆了口氣。

她與江思不同，她覺得這個年紀的男生比女生來得好相處，大抵是因為自幼成長在四個男生身旁的緣故；後者就不這麼認為了，男生對於她是厭惡的存在。

就這麼在新班度過了規律的兩個月。

今日是廠商送社服來的日子，身兼總務的白湘菓放學便要到校門口領取。

談起她被選為總務的緣由，僅因她數學是強項罷了。

放學後，白湘菓並沒有馬上背起書包離去，而是坐在位子上再確認一次錢的數目沒錯。數著數著，突地感受到莫名從四周投來的視線，停下動作，怯生生地抬起眸，目光一觸即，眾人隨即撇開臉。

白湘菓覺得這眼神有股說不清的複雜，不清楚為何的她只知曉絕不是好事，連忙點清鈔票後便往校門走去了。

廠商早已在門口等候，她小跑步上前，付錢給廠商後，提著兩大袋社服走回宿舍。

她先走到走廊底端其他幹部的房間發社服，逐一發完後，正當她鬆了一口氣，總算能回自己寢室休息時，其中一名幹部喚住了她。

「湘菓。」

循聲回頭，白湘菓微抬起柳眉，「怎麼了？」

「妳……有看學校論壇嗎？」

白湘菓搖首，「沒有，我沒看那個的習慣。」

「好吧……我建議妳等會上去看一下比較好。」

有些納悶地帶上門，白湘菓見她們沒打算解釋，便體諒地沒繼續逼問，緩緩回到了寢室。

「湘菓拿回來啦。」楚于嫻指了一旁的空地，「妳先放著吧。」

江思專注地盯著電腦螢幕，頭也沒抬地招手，「妳過來坐著。」

「怎麼了嗎？」白湘菓內心有無數疑惑，怎麼今天大家都很反常？

江思把筆電移到白湘菓面前，「妳看這個。」

那是學校論壇中匿名版的介面，江思點的是目前最新的熱門貼文，上頭有不少張照片。

白湘菓湊近些看，不看還好，一看她便僵住了。

她將照片放大檢視，即使被齊瀏海蓋住大半仍十分圓潤的臉頰、讓整體看上去笨重的過長頭髮、鬆弛的粗壯大腿……

那是她國中時候的照片。

愣了半晌，白湘菓怔怔地朝江思問道：「怎麼會在這裡……」

「妳還記得我們開學前有去吃飯慶生嗎？那時我不是說我趕著出來忘記關電腦了？」江思手扶著額，深深嘆息，「大概又是我那室友搞的鬼，趁機從我電腦載下來發上去。抱歉，我應該好好關好的……」

楚于嫻安撫地拍了拍江思，「思，那不是妳的問題，是妳室友擅自用妳電腦的錯。」

白湘菓跟著頷首，「對，我不會怪妳的。」

「湘菓，妳沒事嗎？」江思擔憂地問道。

「就是發我以前的照片而已，沒什麼。」白湘菓淡笑著擺手，「妳別太自責了，那都是過去的事，我現在也不長這樣。」

「真的？」

白湘菓應了聲，站起身，「嗯，沒事的話，我就先去洗澡了。」

到後頭的衣櫃翻找，白湘菓咬住下唇，最後隨意拿了套寬鬆的長袖衣服褲便進浴室了。

打開水龍頭轉到熱水，白湘菓凝視著鏡中的自己。

臉蛋不如照片般圓潤，稍稍側過便能看到臉部線條；留長了瀏海，並將其旁分修飾臉型，過腰長髮也修剪到了胸上處；再往下看，盈盈一握的腰，筆直纖長的雙腿，不再是以往的臃腫。

國一的她和現在的她，截然不同。

雖然她國二僅花了幾個月便輕了不少，但讓整個體態稱得上「苗條」，卻是她堅持到現在仍不懈怠的成果。

她從來不是會被人嘲弄肥胖的身材，但只要每每看著鏡子，全身上下無一處不是醜陋的，那樣的自己，她便覺得厭惡。

因此她總是穿著寬鬆的衣服，甚至是不分季節地著長袖長褲，也不會在社群媒體上發表自己的照片，甚至留存下來的也僅有畢業照而已。

她一直努力地只讓他人看到美好的自己，卻被一個不相識的人給毀了。

思及此，她的雙眼蒙上一層水霧。

把水轉大，她走到蓮蓬頭前任由其從頭頂傾落，闔上眼，兩行清淚混雜著水柱自雙頰滾落。

隔著水聲，她隱約聽見了門外的江思和楚于嫻說了要出去，隨後便聽到房門關上的聲響。

她這才慢慢蹲下身，而後抱住自己，放聲痛哭。

她從來就不是懶得生氣、懶得難過，情緒終究是無法克制的，這點她非常清楚。更遑論她本性不是個脾氣好的人。

以前，遇到惱人的事、看不慣的人，她便會感到不悅並反映於臉上；遭遇挫折，心靈受傷了，就藉哭泣發洩悲傷。

可不知何時開始，她變得不愛展露情緒，似是有個框架約束著那些翻騰的情緒，總讓她將之化為淡然。

她愈哭愈兇，也顧不得外頭的兩人是否回來了，壓抑已久的悲傷全都在此刻潰堤。

胸口酸漲地發疼，有些缺氧的她承受不住地手撐地，大口地喘著氣，身子止不住地抽噎著。

白湘菓好久沒哭了。

§

知曉匿名論壇事件後，白湘菓的日子並未有太大的改變，仍是和高一相同，規律地練舞和溫書，就是多了社內事務要處理罷了。

那事也沒在論壇上引起風波，除了有疑似漾舞社的社員在貼文下留言附和外，其餘一面倒皆是支持白湘菓的留言。

又加上江思等人沒使用匿名頭像，直接在底下留言聲援白湘菓，殷楀杋也是其一，雖然沒留下任何文字，只單單放上了幾張白湘菓國中時的日常照澄清，一下子便讓按讚數竄升到最高，被頂到了最上頭，事情就這麼平息了。

時間飛快地來到了十二月的校慶。

今年苑杏的校慶恰好定在聖誕節，學校就索性在當天辦了耶誕晚會，由學生會規劃活動。但說是耶誕晚會，美其名也不過是會特別佈置廣場，再邀請別校社團參加，並全面開放外校人士參加罷了。

畢竟歷屆的學生會都不擅長辦此類活動。

即便耶誕晚會沒引起學生們的興趣，白湘菓等人仍未減少對校慶的期待，依舊對才藝表演感到新奇。

高一的前車之鑑，讓她們這回不敢疏忽任何一個環節，謹慎地確認報名事宜處理好後才安心。

經過眾人一番的討論後，最終決定讓先前沒多展現的其他人能好好發揮，因此這次並沒有明定的領舞，而是依照舞風分隊輪流站中心，整體以團體為主，不強調個人。

白湘菓的份量頓時少了許多，本來學舞快又精準的她自然沒在此費太大心力，甚至還有閒暇和江思學了不少化妝技巧。

熱舞的表演被安排在前幾個節目，她們老早就整裝完畢在後台等候了。這時段恰好人潮最少，大都往一旁的體育館或操場看運動賽事了，在廣場的人寥寥無幾。

不過她們一行人默契地都沒將此放在心上，樂觀地認為有個舞台表演便是萬幸，有無觀眾則是其次。

抱持著正向的心態步上舞台，到該在的位置站定後，預備姿勢隨即擺出，靜靜等待音樂落下。

這次的舞蹈和隊形皆是自編後再給與社師指點的，白湘菓和楚于嫺編各自舞風小分隊的細節動作，隊形編排則是採用江思的主意。

都不是特別艱難炫麗的動作，服裝也是直接穿社服，再統一下著的簡單搭配而已，整體走最原始自然的風格。

比起末晚憂傷的弦樂，這次的旋律較為輕快，但都仍有保留舞風的精髓。

白湘菓難得地紮起馬尾，在隊形後排靈活地舞動著，唇角勾著淺淺笑意。

雖然大半時間都被人給擋著了，台前也僅有一台攝影機和屈指可數的觀眾，白湘菓仍覺這樣的表演自在。

比起受眾人矚目，她更重視在台上的每個瞬間，盡全力地將舞步落實。

幾分鐘的表演結束，白湘菓和其他人道別後，連忙趕回教室。

她匆忙地拿了桌上的飲料後又倉促跑出教室，腳步踉蹌地下樓，直直往體育館的方向奔去。

穿越人群和幾棟建築物，總算來到體育館面前，卻見三三兩兩的人從裡頭走出。

嚥了嚥口水，白湘菓愣了半晌後快步走進，倚上圍牆俯視籃球場。

見場上仍有兩隊球員奔馳著，再趕緊瞥了一旁的記錄台確認，她才暗暗吁了口氣。

她趕上了。

雖然比賽已近尾聲，但至少不是完全錯過。

白湘菓索性就這麼靠著牆，聽著場邊倒計時，目光追尋著穿梭在球員中的殷檎枫，眼看著他在最後五秒時把球分給靠近籃框的隊員，後者也沒辜負眾望地順利投籃得分，比賽便接著在下秒終止了。

她不禁微抿起唇。

表演賽結束，她隨人潮一同出了體育館，按慣例到人煙稀少的空地等待。

猜想殷檎枫大概要和社員宣告些事，短時間無法脫身，她找了個長椅坐下，讓從兩小時前便沒休息過的腿歇歇。

白湘菓伸直雙腿，手握拳放到大腿上，望向從校門湧入的幾群人。他們身著統一服裝，一大行人走在一塊，邊好奇地張望四周，邊緩緩走向會場。

接近晚會表定的開始時間，不少受邀的別校社團陸續到了，其中也摻雜些純粹來參加晚會的外校人士，場面頓時變得熱鬧。

「在看什麼？」

一聲輕喚拉回了白湘菓的思緒，她轉過頭，就見殷檎枫和考大常不知何時已來到身側。

白湘菓搖首，「沒什麼，只是覺得人突然變得好多。」

「因為晚會要開始了吧。」殷檎枫抓起肩上的毛巾擦拭額上的汗，「怎麼還趕過來這？不是跟表演撞到時間嗎？」

「就想過來看看啊。而且不知道是不是漾舞的去準備待會的耶晚了，剛在體育館的觀眾席都是男生。」白湘菓把手中的飲料遞給殷檣杋，「喏，這杯給你喝。」

「白湘菓說得真對啊！剛少了那群瘋女人場外安靜很多，不然我都聽不見教練喊什麼呢。」考大常搖頭晃腦地咋舌，又問：「是說，妳說她們漾舞的去準備耶晚，那妳們怎麼沒有？」

「我們怎麼可能有？」白湘菓一雙杏眼微微睜大，「我們學校只有漾舞和吉他被排進去，他們負責開場和結尾，其餘的表演都是別校的來。」

「說得也是喔……嘖嘖，妳們社太可憐了，一天到晚被忽略，唉。」考大常同情地嘆息，「不過，檣杋兄啊，漾舞也是挺厲害的，學校各活動都有份，看來你的追求者們不容小覷啊！」

「……誰跟你追求者們。」殷檣杋無語地掃了考大常一眼，又轉向白湘菓，晃了晃手中的飲料，「妳不喝？」

「給你喝啊，我不要。」白湘菓搖頭，「那是我們班訂的，但我這次數學考班一，類排也很前面，班導就特別請我喝不一樣的，說什麼數學是她教的，感到很光榮……」

「妳班導會請很正常，這次數學很難，妳沒退步就算了，還考得比上次高，當然樂得不得了。」殷檣杋把飲料推回給白湘菓，「所以這還是給妳喝才有意義。」

「說得好像你考得比我低一樣，明明就類排一……」白湘菓頭晃得更用力了，「喝那種水果茶會胖，我才不要。」

「妳該不會還記著那人在論壇上說的話吧？」聞言，殷檣杋眸色暗了幾分，微瞇起眼。

「沒有，我單純不想喝，所以給你喝，反正你很瘦。」白湘菓把飲料塞進殷檣杋懷中，「啊對了，剛好也給你當生日禮物呀。好啦，我還趕著去看晚會呢，思她們在等我了，先走嘍，掰掰！」

說完，白湘菓便和風似地一溜煙跑走了。

殷楀杋有些無奈地呆望著白湘菓跑遠的身影，重重地嘆息。

「咳咳，我這是親眼目睹了咱們楀杋兄被拋棄呢。」考大常故意乾咳幾聲，走上前拍了拍殷楀杋的背，「唉呀，看來你的計畫是要失敗了呢。」

「……我知道，不用提醒我。」殷楀杋撥掉考大常的手，眉角抽了抽。

考大常張開雙手，朝天喊道：「我們楀杋兄啊，運氣真背啊！」

殷楀杋乾脆地忽略一旁考大常的嚷嚷，低頭盯著飲料。

他把飲料杯轉到貼著標籤的那面，見到那行字後忍不住又再度嘆息。

百香果綠茶，微糖微冰。

他這是又錯過了啊。

看來在生日告白這事，今年又是無法達成了。

§

耶誕晚會在漾舞的開場下正式開始，底下人聲鼎沸，三人沒打算跟人擠，而是到一旁的教學大樓上，找了個視野絕佳的地方觀看。

不過她們僅對別校舞蹈性質社團的表演感興趣，漾舞社的開場對她們而言僅是談天的背景音罷了。

「是說，湘菓妳怎麼這麼早就過來啦？不是跟殷楀杋有約嗎？」江思很是納悶，稍早得知殷楀杋要趁表演賽完告白便沒跟著過去，怎麼現在又……

白湘菓眨了眨眸，「嗯？我只是想說今天他生日好像應該見個面，拿飲料給他順便當禮物而已呀。」

「所以說……今天他生日，你們就只見十分鐘？」見白湘菓一臉懵然，楚于嫺輕輕笑了。

「對。」

「不是吧……這麼多年的朋友了還只給一杯飲料，然後見十分鐘的面？」江思不可置信地瞠舌，「我以為你們要一起看耶晚呢。」

「我本來就沒有送禮物的習慣。」白湘菓不以為然地聳聳肩，「而且他還有很多追求者會送禮呀，不缺我一個的。」

江思無語，正想再多說些什麼時，就被楚于嫺連忙壓住，她不解地看向楚于嫺，只見後者無奈地笑著搖頭。

反正殷楀杋遲早都會告白的，她們需要做的僅是在旁看著白湘菓就好。

兩人以眼神示意彼此後，下個表演緊接著開始。

此時是鄰近苑杏的C中熱舞社帶來的表演，曲風較動感，舞步大且力道重，每個動作間幾乎沒時間喘息，但所有社員仍準確地跟到音樂頓點。

整齊劃一的舞蹈看上去十分壯觀，更不用說是從高處俯瞰的她們三人了。

白湘菓讚嘆不已，「這間學校的熱舞好強啊，人很多但超整齊，而且這首歌拍子超快呢。」

「他們其實很有名的，之前在各校舞展的表演點閱率就很高，只是妳沒用社群可能沒看到。」楚于嫺邊說邊亮出手機介面，「妳看，很高吧。」

江思也認同地頷首，「因為他們很會挑適合的歌，裡頭厲害的高手也很多，但能力還是挺平均的，所以整體協調度很高，表演自然就很好看。」

「是這樣啊。」

又接連看了幾組別校舞蹈性質社團的表演後，白湘菓只覺自己好像該找時間好好研究社群軟體了，上頭或許還是有許多新奇的事物。

「江思。」

自己的名突地被喚，江思循聲望去，見來者是誰後，問：「怎麼？」

「有人找妳朋友白湘菓過去。」那人見江思的神情不帶溫度，飄忽的視線隨即撇開，「別校的。」

三人面面相覷，狐疑著那人說的話是否為真。

最後，她們還是禁不起好奇心，江思訥訥地說：「……去看看吧。」

那人領著她們穿越人群到穿堂，從黑暗的空間走到光亮處，白湘菓感到刺眼地微瞇起眼。

「我不就是想尬個舞而已嘛，怎麼這麼麻煩。」

不久，白湘菓才適應光線，悄悄睜開眼看向說話的少女。

她這才發現在穿堂的不只有別校的熱舞社，還有漾舞社一行人坐在一旁地上。

「哎呀，別不說話啦，我就是想和你們苑杏的大紅人白湘菓尬個舞而已。」見眼前的三人不發一語，少女又接著笑說：「那是我的興趣啦，你們漾舞剛好又說要來交流，就正合我意了。」

楚于嫻以手肘頂了下白湘菓，低聲問道：「湘菓，妳要嗎？」

「呃，這時候能說不行嗎……」白湘菓不知所措地回道。

靜默半晌，少女率先開口：「好，沒關係，那我先來好了。幫我隨意放首歌就好，謝啦。」

少女將高馬尾重新紮緊，勾起一抹微笑等候音樂。

樂音一落，少女摸了下髮尾，偏了偏頭，揚起自信明媚的笑容。下秒，迅速轉了個漂亮的圈，纖細的手俐落地舉起，隨著身子的轉動時而扣手，時而又配合雙腿的交合，動作不拖泥帶水地輕快舞著。

作了個姿勢結尾後，少女退到一旁，微喘著息，笑道：「看來是中間最高的那位是白湘菓嗎？」見白湘菓頷首，又接下去說道：「換妳了，沒什麼，就只是娛樂而已，可以依妳擅長的舞風隨意跳就行！」

聞言，白湘菓依少女的指示站到方才她所在的中央處，隱約聽到漾舞社正看好戲般地竊竊私語後，緩緩閉上眼。

同樣的音樂在下秒落下，白湘菓沒有馬上動作，而是如靜止般地維持原姿勢站著。當眾人以為她是沒法跳時，白湘菓此時伸出手慢慢地劃了個大圈，一個重拍後接著幾個快速且連續的甩臂，腰臀搭配得宜地輕輕扭動。

旋律此刻到了高漲處，節拍頓時快上許多，但她只是淡然地讓馬尾甩了幾個圈後身子右傾，順勢單膝著地，隨後雙手撐地提起臀後又坐下，靈活地在地上旋轉了圈，最後以一個漂亮地甩髮作結。

圍觀的人無不看傻了眼，提議尬舞的少女更是睜大了雙眼看得目不轉睛，白湘菓展現了與先前不同的舞姿，明顯在眾人的意料之外。

白湘菓鞠了躬後在掌聲中退下，想默默離開人群中時，手便被從後頭拽住。詫異地回過頭，見方才的少女一雙晶亮的眼睛盯著自己，她怯生生地問道：「怎麼了嗎？」

少女激動地搖了搖白湘菓的手，「我可以認識妳嗎？妳就是傳說中的白湘菓沒錯對吧！」

白湘菓怯懦地把手縮回了些，「呃，對的……」

「啊，抱歉，嚇到妳了嗎？」少女見狀隨即鬆開手，「我很喜歡妳跳舞呢！之前就有聽說妳的事蹟，也看過妳的直拍，不過因為影片光線不好的關係沒把臉看得很清楚，剛剛才沒認出來。」

「采穎，妳還在那幹嘛呢，我們要回去啦！」

「喔好！等等我馬上去！」林采穎朝其他幹部應了聲，又轉頭語速極快地說：「我得回去了，待會還要和幹部們去吃飯，我之後會再想辦法找到妳聯絡方式跟妳好好聊聊的，先這樣啦！」

白湘菓怔怔地目送林采穎快步跑開，同時思索著她要如何找到自己的聯絡方式……

「喂，邱葵年，妳倒是給我回答啊。」另一頭的江思不知何時已站到漾舞一行人面前，雙手環胸瞪著中間穿著清涼的少女。

邱葵年手指捲著波浪長髮，輕佻地看著江思，「是要我回答什麼呢，有話就好好說呀。」

白湘菓這才意識到自己剛被林采穎給拉到挺旁邊的地方，離江思等人有了點距離。

但她仍能將對話聽得一清二楚，因此也沒漏聽到江思喊了那人的名為何。

……邱葵年？

白湘菓緩步走向那處，又將邱葵年的面貌仔細地看了一遍。那熟悉的笑顏，嬌滴滴的嗓音，一頭咖啡色的波浪捲髮，甚至是與自己有異曲同工之妙的名字——

白湘菓這下總算將零碎的記憶給拼湊起來了。

「跟妳有什麼好說的？」江思沒好氣地翻了個白眼，「我再問一次，妳們漾舞社的尬舞沒事找我們熱舞的來幹嘛？看好戲好玩嗎？」

「妳管那麼多啊，人家C中的就指名讓妳們的人來跳啊，我有什麼辦法？」邱葵年輕蔑地笑了笑，語帶不屑，「不過，還好她叫上的是白湘菓，沒給我們學校丟臉，要是妳啊……」

江思瀏海下的柳眉揚了揚，「我怎麼了？」

「就不知道會怎麼樣了呢，妳除了那張嘴說得贏別人，還有什麼能用？」邱葵年打量了江思一番，「妳跳舞又不怎麼樣，我看，就是個只會動嘴的人——」

「請妳閉嘴。」白湘菓打住了邱葵年的話，站到江思身旁，神色漠然，「她才不是只會動嘴的人，她跳舞跳得比我好，只是妳沒見識到而已。」

她實在忍無可忍了，江思是為了她才上前和邱葵年正面對峙，卻莫名被當眾洗臉，那感覺該有多不好受？

愈想愈覺得無法忍受，邱葵年再怎麼討厭自己，也不該波及無辜。

更遑論她是當年白湘菓讓出畢業舞台的那個受益者了。

第九章

經過在耶晚時和漾舞社的爭執後，白湘菓非但不對自己動氣感到後悔，反而還覺得有些慶幸。

原因是她因此獲得了個能挽救熱舞社的機會。

邱葵年似乎是被白湘菓所言給激著了，揚言要和學校商量，在期末晚會時舉行兩社的競演。

此話一出，熱舞社等人都沒把它當一回事，只認為邱葵年又再放大話罷了，沒想到幾天後卻接到學生會的通知，請熱舞社到時派兩人上台和漾舞社比拼。

會讓學校同意把末晚的表演性質改成競演，想必是提出了建設性的條件換來的——最後贏的那方，社團才得以留存。

也就是說，若是熱舞社贏了，漾舞社就得廢社。

只有一方能留著。

雖然白湘菓無法揣測邱葵年是多自負才口出狂言，敢賭上自己的權益就為了和熱舞社一較高下，但她仍對此事抱持樂觀的心態。

不過詳細的比賽辦法還有待主辦方學生會商榷，究竟對熱舞社是利還弊，還不能太快下定論。

為讓兩方有足夠時間準備，競演主題早先定好了，從兩社重疊的舞風New Jazz取出精髓，分別為「柔美」和「性感」，以何種舞蹈呈現都行，自由發揮。

知曉主題後，熱舞社很快便決定讓擅長該舞風的江思和白湘菓代表上台，至於各自負責的主題便讓他倆私下分配了。

距離期末晚會不到三週，中間還穿插了期末考，準備時間其實不算充裕，許多環節都需要抓緊做，一刻也不得閒。

但這對白湘菓而言綽綽有餘，因此元旦的連假她沒打算留校練習，而是和去年相同回家過。

「妳真的不用提早回學校練舞嗎？要最後一天才回去？」殷樢枫坐在床邊，看著白湘菓在書桌前奮筆疾書的模樣，憂心忡忡地問。

「對啊，回來陪陪樢松也好，反正我又沒什麼事。」白湘菓把最後一個字寫完，闔上書本，「而且我打算先回來整理書，不然下學期的新書發了後這裡會很亂的。」

「妳這樣末晚不會來不及嗎？」

「不會，我已經把歌選好、舞也跟社師討論好了，都是我熟悉的動作，只有一些難度比較高的還要再調，其他我都學完了。」白湘菓轉過身，見殷樢枫眉頭緊皺，淡淡一笑，「放心吧，我有信心。」

「那就好。」見她小臉上洋溢著自信，殷樢枫稍稍安心了，又問：「那妳主題是選柔美嗎？」

白湘菓搖首，「我選性感。」

「妳選性感？」他微微瞠大了眼，眼底盡是不可置信，「我以為妳會選柔美，想說江思應該比較適合性感……」

「沒有，你想錯了，她比任何人都還適合柔美喔。」白湘菓憶起初次見江思時，她將現代舞詮釋得極好，雙眼頓時雪亮了些，「你只是被她的個性給屏蔽了，如果你先看過她跳舞，就會知道我為什麼這麼說了。」

「說得也是，我好像真的沒認真看過她跳舞，之前幾次表演她都是被擋住比較多。」他邊回想邊認同地點頭，「不過，性感妳真的可以嗎……」

「為什麼不可以？」白湘菓微瞇起眼，「你這什麼意思啊。」

他感到有些危險地後退了些，連忙澄清：「沒，我只是怕妳會被漾舞的比過去，她們一直都跳非常性感的舞不是嗎？」

「才不會，你只是沒看過我那樣而已。」她鼓起腮，略微不滿地說：「而且，你這是很常看她們跳舞的意思嗎？不然怎麼會知道她們一直都是？」

他不解地反問：「那不是眾所皆知的事嗎？」

「哪有。」她嘟囔著站起身，「隨便，我不想理你了。」

「喂，等等，妳要去哪？」見她逕直走出房外，下樓聲隨之傳來，殷楀枫趕忙追上去。

白湘菓快步走向大門，「我要去找楀松玩。」

聞言，殷楀枫不禁笑了。

這人是生氣還要去他家的意思嗎？

真可愛。

兩人前後走進了殷家，又接著上了二樓，白湘菓見殷槗杋的房間空無一人，疑惑地問：「怎麼沒人？」

「他好像跟同學出去了。」殷槗杋暗自欣喜，自家弟弟今日不在家真是太好了，「到我房間吧，妳不是說有東西想看嗎？」

白湘菓這才想起來有這回事，「噢對，畢業紀念冊。」

「怎麼突然想看那個？」殷槗杋走到書櫃前，拉出底部的櫃子，從其中抽出一本有點份量的書，遞給白湘菓，「我記得妳那時候說不想留著所以沒買。」

她接過後捧著它坐到床上，「我只是為了找個東西，但不是看自己班的。」

他也跟著坐到一旁，手放到她身後撐著床，好奇地問道：「找什麼？」

「思的室友，我之前跟你說很面熟的那個。」憑記憶一次翻到後面的頁數後，白湘菓一頁頁地仔細看，「我知道她名字了。」

「叫什麼？」

「邱葵年。」白湘菓神情淡然，聲音不帶一絲波瀾地說：「當年我讓出畢業舞台的機會後，替換上去的人。」

「是她？」殷槗杋思索半晌，伸手把書又往後翻了些，「我聽過她，因為名字很特別，之前班上男生也提過，沒記錯的話是在後面班級。」

總算翻到印象中邱葵年所在的班級，白湘菓馬上在中間的位置找到了她的照片。烏黑的長直髮，細長且上揚的眼睛，薄唇擦著橘紅色唇膏顯得有些突兀，整張臉蛋平凡無奇。

再看了下名字確認，白湘菓還是無法將相片中的青澀少女和妝容強勢濃艷的邱葵年連結在一塊。

殷槁枫湊近一瞧，驚呼：「這是她？也差太多了吧……」

「我也覺得，不過笑起來的樣子倒是一樣。」白湘菓同樣十分詫異地點頭，纖指指著相片上方，「眼睛就完全認不出來了，我猜應該是化妝的關係吧。」

「化妝？那她也太厲害了吧。」

「眼妝化得好，整個人看起來都會不一樣，思是這麼說的。」白湘菓邊說邊闔上冊子，一張Ａ４的白紙突地從中掉落，她拾起其端詳著上頭的文字，「會考成績……」

見狀，殷槁枫隨即意識到自己犯了不該犯的錯，等反應過來伸手欲搶回白紙時，已經為時已晚。

「國英數社自Ａ＋＋，國英數全對，社會和自然錯兩題，作文滿級分。」白湘菓唸出上頭的成績，尾音上揚：「枫，這是你的成績單？」

「呃，是。」殷槁枫嘆息，斂下眼。

他知道他這回是得說清楚了。

「可你那時候不是跟我說你考差了，可能沒法上第一志願嗎？」白湘菓把成績單移到他面前晃了晃，「那這個是？」

「因為妳說想跟我同校，我就陪妳一起。」

「陪我？」她覺得又好氣又好笑，「你不用為我這樣的啊。」

「沒什麼。」

「什麼沒什麼？」她臉突地垮了下來，小聲地說：「你怎麼不早點跟我說，這樣讓我好愧疚喔。」

「早點說妳就跑了吧。」見她一副可憐兮兮的模樣，大手覆上她的頭頂揉了揉，輕輕笑了，「不用愧疚，對妳的喜歡，從來就沒法克制我別感情用事。」

沒在內心糾結多久，殷楀杋佯裝鎮定地把千言萬語化成了含蓄的文字道出。

雖然他壓根沒預料到告白會是此種場景，也沒做足任何心理建設，但遇上白湘菓，大腦似乎就無法正常運轉。

就如他當年選填志願時，那般地衝動不經思考。

§

聞言，白湘菓楞了許久，才緩緩地說：「……什麼？」

「妳這是聽不懂的意思嗎？」見她點頭，殷楀杋有些無奈地嘆息，「是真不懂還是裝傻呢。」

「真的不懂。」白湘菓搖了搖首，遲疑地問：「什麼喜歡？為什麼突然……用這個詞？」
「就是字面上的意思。」他嘴角擒著笑意，「我喜歡妳，懶懶。」
這下白湘菓是真呆住了，一雙半月形的杏眼睜大，微微啟唇欲說些什麼，卻只呆怔怔地眨著眼，身子僵住。
「沒有，怎麼可能有。」
見她被嚇著的模樣顯然就是毫不知情，殷樀枂又笑，「妳難道都沒發覺嗎？」
「我以為很明顯，其他人都這麼說。」他想他高估白湘菓的腦袋了，裡頭大概只裝著跳舞跟睡覺而已。
白湘菓疑惑地偏頭，「其他人？是什麼時候的事？感覺只有我不知道。」
「妳身邊的人都知道，不管是學校的還是妳哥他們。」他轉了轉黑眸，思忖半晌，「應該是國二上的事了。」
「國二？」她驚呼，「那很久欸……三年多嗎？」
「嗯……應該是第四年才對。」他搖首，「那不重要，反正很久了。」
「是噢。」她應了聲，接著問道：「為什麼會喜歡我？」
「說真的，給我好幾天想我大概也答不出個所以然。」殷樀枂聳聳肩，「我只知道，我發現自己開始會操心妳的時候，就意識到是喜歡上妳了，因為我完全不是會管事的個性。」
「所以你才說不會嫌我麻煩？」

「嗯，不過我從來都不這麼覺得。」他頷首，有些難為情地撇過頭，「還沒喜歡上的時候就覺得沒什麼，後來就是變得會主動想幫妳做事。」

白湘菓那時的生活能力堪稱無法自主，父母和哥哥不在身邊的日子，自然地依附鄰家的殷樀枫，但同樣也打理不好自己的他，沒有因此抗拒她的依賴，而是和殷母學習了基本的做菜技巧，也開始幫忙處理家務。

漸漸地，從一個做事生澀的小男孩，成了處事得體的殷樀枫。

白湘菓對殷樀枫的影響極深，這是無庸置疑的。

「撇除家人，沒有多少人會為了別人的事這麼上心的，更不用說我還有樀松要照顧。」他指尖輕推了下她的額，「一般人都會有自覺的，是妳太遲鈍了。」

「我哪有……我只是以為，你把我當家人一樣看待而已。」她別開臉，委屈地說：「難道不是嗎？」

「我不是這個意思。」他嘆息，實在忘了白湘菓的腦袋迴路異於常人，只好再繼續解釋：「不然我再打個比方，匿名論壇攻擊妳的那事，其實我覺得表現得很明顯，連妳朋友都看出來了。」

那日，貼文發佈後沒多久，消息靈通的考大常便隨即告訴他了。

見殷樀枫知曉事情後，幾節課都不為所動地坐在位置上滑著手機，著急地問：「樀枫兄，你不去跟她講嗎？感覺事情會鬧大欸，貼文的數據愈來愈高，應該很快就會變熱門貼文了。」

「不用。」他頭也沒抬，拇指快速地在螢幕上滑動，「這時候去班上找她只會造成反效果，那一看就知道是江思她那漾舞室友發的。」

考大常雖對此話感到認同，但仍然有些慌張，「那我們就只能在這乾著急嗎？」

「當然不是，反正你不用著急，幫我留意貼文底下的留言如何發展就好。」他勾起一抹淺笑，「我自有辦法。」

當晚，殷楀杋見留言走向如他所想的兩極化，但大都是支持白湘菓的聲音後，便讓考大常把江思和楚于嫺給約了出來。

他請三人到底下留言，並且以不匿名的方式發佈，內容不人身攻擊，單純聲援白湘菓以及澄清。

自己則是把僅有的白湘菓國中時候的日常照，沒有多餘的文字註解，以殷楀杋的名義放了上去。

他認為這麼做是對白湘菓最好的作法了，既能替她發聲，又不會因「殷楀杋」太招搖而使她落得不必要的關注和閒言閒語。

至於他為何會有白湘菓自己也沒見過的相片，就是託他喜歡拍她的嗜好所賜了。

「我不會沒事拍妳的照片，而且也不是什麼醜照，每張都是有抓過角度跟光線的，但妳都沒發現就是了。」殷楀杋眼神真摯地注視著白湘菓，「這些都不是無心之舉，要是對妳不上心，我根本不會做這些事。」

白湘菓從方才便一直聽著殷楀杋闡述自己所做的每件事，背後隱含的心意之深遠，不禁觸動了她。

又思及殷楀杋約幾人出來的時間，正好是她在浴室裡潰堤時，頓時覺得心頭被溫暖包覆著。

「謝謝你，杋。」她垂首，眼眶濕濡，有些哽咽地說：「我突然覺得那天的難過都無所謂了，還有那麼一個你，不會嫌棄以前的我，甚至還為我做那麼多。」

「我不是說過嗎？難受了可以跟我說的。」他安撫地摸了摸她的頭，「當然不會嫌棄，我才不是因為妳變漂亮才喜歡上的。」

她的每個樣子，他都喜歡。

「可是我以前很胖。」

「不胖，笑起來臉圓圓的，很可愛。」他又輕捏了下她的臉頰，寵溺地說：「妳瘦了之後，就只剩臉的嘴邊肉還能捏。」

「是這樣嗎……」

「嗯，不騙妳。」他身軀向前傾了些，將話題導回，「妳呢？」

「什麼我呢？」白湘菓下意識往後挪了些。

「妳該給個回應吧。」他溫聲道，「妳喜歡我嗎？」

「我……不確定是不是喜歡。」她瞳仁顫動著，咬住下唇，視線飄忽，「我不希望我只是依賴，但卻把它解釋成喜歡，這樣不好。」

他又貼近了些，將她逼到牆角處，「這樣看著，妳會心動嗎？」

「喜歡的話，就會和我一樣現在內心很澎湃，但若很平靜……」見她只是靠著牆，除了能輕易讀出的驚恐外，神情淡如水，便自嘲地低聲笑了，「看來沒有。」

「沒有也無妨，妳可以慢慢釐清妳的情感，我會等妳回應。」他眉眼間流淌著柔情，輕輕地說：「我會慢慢追妳，從此刻起。」

§

忙碌地度過了日程緊湊的兩週，來到了學生們引頸期盼的期末晚會。

今年是苑杏第一次捨棄了往年的社團表演，改為舉辦競演，且不是純粹娛樂性質，而是以勝負決定社團去留。

照理來說，校方是不會主動辦這類活動的，但一向以學生為重的苑杏，在漾舞社提出請求後，理所當然地允准了。

由於舉辦這場競演主要是讓大眾來判定兩社的留存與否，並不是真要一較高下，因此不另請專業人士評分，而是讓現場觀眾實時投票定勝負。

知曉比賽辦法為何後，熱舞社等人憂喜參半，原因是即便有呼聲最高的白湘菓，可漾舞社的人氣也不容小覷，更不用說邱葵年的人脈廣泛了。

不過，今日的晚會開放外校人士參加，仍存在著很大的變率，最終勝負還未能下定論。

班上的事務處理完後，白湘菓一行人沒參加休業式，先行去為舞台準備了。

「我到現在還是不懂邱葵年那女的到底在想什麼。」江思納悶地偏了偏頭，嘴裡碎念著：「這競演對她完全是虧啊，自己要廢掉我們，現在又去跟學校提這個，要是我們贏了，我們不用被廢社，但就等於她們輸了，可是換她們這個大社要廢掉呢！」

楚于嫻手持著刷具，專注地幫白湘菓上著眼妝，「可能是想藉此展示她的舞技，然後讓大家知道她們漾舞才是有必要存在的社團吧。」

「有那個必要嗎？是我就不會這麼做。」江思沒好氣地吐槽：「這麼愛在背後搞小動作，就搞到底，沒事又來這招幹嘛？」

「算了吧，思。」白湘菓垂著眼，長睫顫動著，淡然地說：「別想那些，至少我們有機會能讓熱舞延續下去。」

「也是，說的沒錯。」江思嘆息，擺了擺手，「我覺得她們大概會派社長跟邱葵年，然後邱葵年一定是選性感，想也知道。」

「我也這麼覺得。」楚于嫻輕笑，「而且我剛來的路上有聽到漾舞的在講，八成不會錯了。」

「以她喜歡展示自己的個性，這是當然的。」眼妝上好，白湘菓緩緩睜開眼，「她從以前就這樣。」

「她是妳國中熱舞社的同學還真的滿意外的，而且聽上去關係不好。」楚于嫻疑惑地問：

「不過，妳怎麼一直沒認出來？」
白湘菓聳聳肩，「她以前跟現在差很多，化妝的關係吧。」
「那真的很誇張，妝前妝後完全兩個人好嗎。」江思語氣激動地說。
楚于嫺輕打了下江思，無奈地笑道：「好啦，妳們別再說那些了，都用好了就趕快過去後台準備才對。」
在楚于嫺的催促下，她們趁著人群還沒移動到廣場前先行到後台等待。
兩人無事可做，江思只好開啟話題：「湘菓啊，妳會對上邱葵年呢，有信心嗎？」
「有。」白湘菓吐了吐舌，「沒有也得有，為了熱舞社。」
江思單手攬住白湘菓，安慰道：「唉，別太感到壓力了，反正我們倆就盡力去跳吧，我相信觀眾會看到我們的好的。」
白湘菓扯了個微笑，「嗯，希望是。」
此時，白湘菓在人群中突地看到了熟識的臉孔，那人和她對上眼後，隨即給與她一個開朗的笑容，雙手也在頭頂上比了個愛心。
見狀，江思也跟著笑了，「那不是上次校慶跟妳尬舞的女生嗎？我忘了名字，但我記得幹名好像是采采吧。」
「對，她叫林采穎。思也知道她嗎？」
江思頷首，「知道啊，她在熱舞群滿活躍的，社群上很常看到她，而且她跳舞很帥，跟嫺擅長同舞風。」

「噢，我都不知道這些。」白湘菓眨了眨眸，「她後來有找到我的聯絡方式，偶爾會和我聊天。」

「真的啊，那她還滿親切的，感覺也很喜歡妳。」

說這話的同時，白湘菓手中的手機一震，她點開螢幕，便見林采穎傳了封訊息。

采穎：湘菓，妳要加油喔！我帶朋友來幫妳助陣了，只是後台被擋了，閒雜人等不能進去，所以我就不過去啦。

讀取完訊息並回覆後，白湘菓感覺心頭有股暖意流過。

她得好好表現才行，不能辜負大家。

主持人此刻已在前頭說著開場白，期末晚會即將開始。

由於是漾舞社提起的競演，兩個主題都由漾舞社先上台表演。

主持人退場，負責第一個主題的漾舞社代表隨後上台，果真如江思所言，派上了漾舞社社長。

江思不以為然地笑了笑，站到了前頭觀賞。

漾舞社長所選的歌曲為慢節奏的爵士樂，是街舞圈都熟悉的曲子。

江思之前便看過漾舞社練習該曲，然而舞步卻幾乎沒有半點修改，見沒有新意可言，她索性走回白湘菓身旁，坐到椅上將鞋襪給脫下。
「妳真的要赤腳跳嗎？」白湘菓擔憂地問道。
「對啊，我習慣了，而且我試過那個地板了，行的。」江思點頭，將隨意紮起的頭髮鬆開，「相信我吧，我可以的，都跳幾年了。」
見江思胸有成竹的模樣，白湘菓也放心不少。
前頭此時傳來掌聲，江思隨即起身，「換我啦，我先過去了。」
「好，加油。」
燈光在下秒暗掉，江思緩緩步上舞台，到右側早先放好的椅子坐下。
半晌，紅光打在江思上身，歌曲中的低喃女聲傳來，悠揚的弦樂接著落下。
她轉過身後站起，隨著節拍跨出輕盈的步伐，藕臂在空中劃了個圈後，身子前傾，接著手撫上臉，將秀髮撥至另一側。
沒有讓凌亂的髮絲遮住視線太久，江思輕柔地甩了頭，這時旋律到了高漲區段，她抬起腿高至面前後迅速放下，雙手在旁配合腳下零碎的舞步舞動著。
伸出手，嬌軀連續轉了幾圈，裙擺也飛揚著，江思沒停下，又向前踩了步後向前翻，柔軟的身段在地上滑行，她從容地直起身。
在小提琴的弦樂伴奏下，江思將拿手的現代舞完美地詮釋了。

§

掌聲直到燈光再度暗下仍未停止，江思在舞台上翩然起舞的紅色身影深刻地烙印在眾人腦海。

江思走回後台，正想趕緊拉白湘菓到旁空地看邱葵年的表演時，卻見她赤著雙腳，將上身的白襯衫釦子解開，露出裡頭的黑色內裡，一頭烏黑的長直髮此刻也有了些捲度，和幾分鐘前的模樣截然不同。

「妳……這是什麼回事？」江思一怔，抓住白湘菓的肩頭問道。

「我只是把服裝跟造型做最後調整而已。」白湘菓不解地眨了眨眼，「怎麼了嗎？」

江思搖首，接連拋出問題：「為什麼要脫鞋，剛剛不是還穿得好好的嗎？還有衣服也是，怎麼解開了？」

「鞋子嘛……妳看這個。」白湘菓指著腳踝，上頭有著大大小小的傷口，難為情地說：「因為這舞風格的關係，本來是要穿跟鞋的，我還特地找了比較適合我這種年紀穿的跟鞋練舞，但是站得太不穩了，有失誤的風險，所以我就選了第二個方案，脫鞋。而且我看思妳也這樣，我就不擔心太突兀了。」

聞言，江思蹙起柳眉，「我是跳現代舞才這樣，那妳是跳怎樣的舞才限制這麼多啊……」

「嗯……待會妳就知道了。算是有點頹廢性感風？我也不知道怎麼形容。」白湘菓嘗試解釋著，「把襯衫解開是我聽到歌詞時，就覺得應該這樣穿，反正裡頭也有穿內裡，不影響。」

「好吧，我也只是問問，妳想好就行。」江思本還想勸白湘菓保守為上，但見她如此有想法便沒轍地笑了笑，「我們去看邱葵年吧，應該要開始了。」

她們二人找了個位置站定後，邱葵年的表演緊接在主持人的介紹後開始。

歌曲的明亮女聲響起，又是首廣為人知的舞曲，節奏輕快，高昂的樂音使氣氛頓時高漲。

江思不禁認同地點頭，「她滿會挑歌的，還知道要選有共鳴的歌啊。」

「算了，當我沒說。」才稱讚邱葵年沒多久，江思就冷哼了聲，恢復一貫的吐槽：「能把這麼好的歌跳得這麼庸俗，大概就只有邱葵年辦得到了。」

「我也這麼覺得，不知道為什麼她對地板這麼執著，明明這首歌沒很適合那些動作。」

邱葵年在地上側翻了圈，以手托腮和為展露曲線而刻意擺出的趴姿作結。

「大概是習慣了？跳舞不露個肉就渾身不對勁，更不用說是這種需要拉票的競演了。」江思聳聳肩，側攬住白湘菓，「換妳啦，記得啊，盡力就好，不管結果為何，我們都看到妳的努力了。」

白湘菓有些感動地漾起笑，「謝謝妳，思。」

「快去吧。」

白湘菓脫掉剛才為了看表演而臨時穿上的鞋後，摸黑站到舞台旁的階梯，等候音樂就緒。

相較於前者低迷的旋律落下，白湘菓緩緩地踏上舞台，除了隨著漸漸加重的拍子稍稍搖擺著上身外，沒有其餘的動作。

來到中央，歌曲也在此時進入副歌，她突地一個跨步，力道十足地甩髮和晃動肩頸後坐下，偏了偏頭，將散亂的髮絲撩起，再以腰腹之力撐起身站起，襯衫的領口因動作之大而微微敞開，露出白皙的左肩，顯得幾分慵懶且嫵媚。

曲子轉而輕柔，白湘菓轉過身到後方的牆壁，倚著其慢慢滑落在地，當眾人以為表演結束時，音樂又再度響起，腿蹬直往前踢，她借此向前在地上翻了一圈，雙手撐住地後，接著半彎起左腿並抬高繞圓，順勢將身子翻正，最後挺起腰，收回雙腿環住其。

白湘菓彎起紅唇，迷離的眼神完美地消化了歌詞中的黑暗感。將衣領拉正，她在眾人如雷般的掌聲下鞠躬，悄然退場。

她沒有繞到另一頭與江思和楚于嫺會面，而是逕直走回後台，撈起椅上裝著衣物的袋子，再拎著帆布鞋到不遠處的廁所更衣。

將保暖衣物換上後，她赤著左腳，右腳則好端端地穿上鞋，一跛一跛地走到外頭的長椅坐下。

伸直左腿，她輕吁了口氣，無神地盯著紅腫的腳踝。

還好沒影響到表演，她想。

許久，感受到口袋隱約震著，她拉回飄遠的心緒，掏出手機，「喂？」

「湘菓，妳跑哪啦？怎麼一表演完就不見人影了？」江思納悶地問道。

「啊，我去換衣服了，很冷，表演服穿不久。」她邊怔怔地解釋著，邊低頭望著暴露在外的雙腿。

周圍嘈雜沒讓江思察覺白湘菓的語速極慢，只是點了點頭應聲：「這樣啊，那我們等等過去找妳，我也要把裙子換下來了。」

「好。」

簡短的通話結束，白湘菓連忙翻找紙袋，可找半天就是沒看到另只襪子。思及兩人隨後便到，她心慌地把被翻亂的衣物又給塞回去，支著扶手不穩地站起，欲到廁所找尋可能掉落在那的襪子。

「懶懶？」

一道冷聲自後方傳來，白湘菓頓時僵住身子，愣在原地不動。

不需轉頭即能聽出來者是誰的她，慢慢旋過身，對上一雙透著疑惑的桃花眼。

見她面色有異，殷楀杋直覺不對勁地大步走向前，拉住她的手讓她坐下，將她全身給打量了一番，「怎麼了？」

「什麼怎麼了？」

沒打算讓白湘菓就這麼敷衍過去，他目光停留在腳踝，指著紅腫處，直接地問：「剛表演扭傷的？」

知曉是逃不過了，白湘菓放棄掙扎，斂下眼，「不是，練習的時候就扭到了，剛前翻的時候又有點……折到？我也不知道，但就是更腫了。」

「我看看。」他在她面前蹲下，把小腿抬高了些，仔細地看著傷勢後，嘆息，「真的很腫，要冰敷了。」

「等會回宿舍再冰吧。」她認命地頷首，「是說，怎麼是你來？思她們呢？」

「她陪楚于嫺投票去了，我一結束就投好了，就讓我先過來看妳。」他張望了四周，見斜前方仍光亮著，說道：「我去保健室拿冰塊跟水桶過來給妳消腫好了。」

「不用啦……」見他渾身散發著不容拒絕的氣息，她隨即乖順地服從，「好吧，你去，順便幫我看一下廁所有沒有我的白色襪子，現在沒人，你可以直接走進去。」

他起身，脫下身上的制服外套，蓋到白湘菓的雙腳上，叮嚀道：「嗯，妳在這等著別動。」

呆坐半晌，殷楀杋便提著放有冰塊的水桶走回來，「把腳泡進去吧。」

白湘菓嚥了嚥口水，在心裡做好建設後，才輕輕將腳踝泡進水裡。水的冰冷刺痛著傷處，她蹙起柳眉，下意識抓緊殷楀杋的衣擺，「嘶——好痛。」

「妳忍忍，等會適應溫度就會好點了。」殷楀杋撫上她緊繃著的手，有些心疼，「怎麼這麼拼命？」

白湘菓咬著下唇，「不想輸，而且因為攸關整社的命運，我也不能輸。」

「是這樣嗎？」他無奈地嘆息，將她垂下的髮絲輕柔地勾至耳後，「我想妳們熱舞社不會怪妳的。」

「也可以說是我想報仇吧，看到邱葵年那麼囂張的樣子，又想到當年的畢業舞台，就覺得很不甘心。」她搖首，揚起笑，「就是這樣，我才特地選這首，舞步也編得很像為了復仇而瘋狂的女人，雖然沒有詮釋得很好就是了。」

「妳想多了。」他笑得溫煦，語氣真摯地說：「妳跳得很好，很驚豔，我很喜歡。」

§

末晚隔天，學生會便把最終結果公佈在網頁上，熱舞社兩個表演都取得了相當高的票數，以壓倒性勝利贏了漾舞社。

學校同時也讓熱舞社好好為開學後轉入的新社員準備，並交予漾舞社是否廢社的最後決定權。得知消息後，幹部們便開始著手各自的事務，取幹名、準備在社群上發的幹介文，以及更換設備等，每人都為嶄新的社團生活籌備著。

由於正逢寒假，眾人都得回家過年，便將慶祝一事順延了。

今日，白湘菓沒安排任何行程，此時已近晌午，她仍窩在柔軟的床鋪上熟睡著。

反看殷家，殷樠枂和郁子筲兩人早已在廚房忙碌了。

「是說，我突然想到，你看到菓菓跳那麼性感的舞都沒反應嗎？」郁子筲邊持著鍋鏟翻炒菜，邊隨口問道：「以你那個性，應該多少有唸她一下吧？」

「沒，我見到她的時候，她已經換上帽T了。」殷樠枂搖首，「不過，我那個性是什麼意思？」

郁子筲聳聳肩，「嗯……我也不知道呢，大概就是很婆婆媽媽，老愛瞎操心她的個性？」

殷槝枫睨著那張妖孽般的俊顏，沒好氣道：「誰跟你婆婆媽媽，瞎操心了。」

「我有說錯嗎？」郁子箵挑起眉，「我說的可都是事實呢。」

殷槝枫稍稍用力地放下碗筷，冷冷地語出：「我只覺得你說出來的每句話都是在針對。」

「唉，你別告訴我你現在還認為菓菓喜歡我，還記著仇啊。」郁子箵故作惋惜地嘆息。

「我沒記仇。」他怎麼覺得郁子箵這話聽上去特別討人厭？

「哥感覺真的是對子箵哥有偏見呢。」殷槝松從樓上緩緩地走下來，懷中還抱著一隻白色布偶貓，幽幽地說：「我剛聽到你們說的話了，我昨天也問了一樣的問題，但哥反應就差很多。」

殷槝枫詫異地回過頭：「你什麼時候醒了？」

「大概十分鐘前吧，牠爬到我床上把我弄醒的。」殷槝松摸著貓咪柔順的毛，好奇地問：「牠叫什麼？」

郁子箵勾起滿意的微笑，「壽司。」

「壽司？為什麼叫這種名字啊……」

「嗯？壽司不好嗎？畢竟是我的貓，就很隨意地叫牠壽司了，牠也沒很抗拒。」郁子箵不以為然地頭轉向殷槝枫，問道：「你也覺得不好聽嗎？」

瞪著面前的妖孽半晌，深深覺得自己要是講錯話大概又會被捉弄，殷槝枫索性撇過臉，大步朝大門走去，「……我去叫懶懶起床。」

「嘖嘖嘖，這傢伙。」

殷檣松睜著一雙骨碌碌的大眼，裡頭盈滿疑惑，「不過，你怎麼會突然把壽司帶回來啊？」

「阿姨讓我把牠帶回來給菓菓的，就之前她說要給菓菓的禮物，那隻貓。」

「她要送這隻貓給妳？」殷檣松驚呼，「可這不是子筲哥你的嗎？」

「是啊，不過因為我之後工作的關係要常出差，而且我也沒跟爸媽住一起，家裡只有我一個，沒人可以照顧貓。」郁子筲坐到殷檣松旁的沙發，撫上貓咪的柔軟的背，「我早就有在想該怎麼辦了，剛好阿姨說可以讓她當禮物送給菓菓，就跟我買了一些養貓需要的東西了。」

「原來如此。」殷檣松理解地頷首，又說：「但姊也很少在家欸。」

「嗯，我知道，所以她不在的時候就由你來陪貓了。」郁子筲莞爾，「要好好照顧壽司喔。」

「好，我會的。」殷檣松乖順地點了點頭。

此時，大門被推開的聲響傳來，殷檣杋拉著白湘菓走進，後者睡眼惺忪的模樣儼然就是剛睡醒。

郁子筲揚起笑，「菓菓起來啦，早安啊。」

「子筲哥早安。」白湘菓懶洋洋地打了個呵欠，「雖然現在好像已經中午了。」

「對，午飯煮好了，等妳起來一起吃。」殷檣杋瞥了從殷檣松大腿上一躍而下的白貓一眼，識趣地走向廚房擺碗筷了。

「咦，怎麼會有隻白貓在這？」白湘菓揉著眼睛，視線恍惚中隱約看見一隻白貓緩緩爬到腳邊，疑惑地問道。

「那是我帶回來的貓，牠叫壽司。」郁子筲笑著將方才說過的話重複一遍：「也是阿姨說要送妳的禮物，因為我沒法繼續照顧牠了。」

殷楀松接著問道：「所以也可以說是子筲哥跟阿姨合送的嘍？」

「對的，想說都是熟識的人了，就沒讓阿姨破費。」見白湘菓仍怔在原地，郁子筲瞇起細長的鳳眼，「菓菓喜歡嗎？」

白湘菓沒有回應，而是默默地彎身將貓抱起，牠溫馴地躺在懷中，任她輕柔地撫摸著毛髮。

半晌，白湘菓抬首，笑臉洋溢著幸福，「喜歡，牠好乾淨，而且好乖。」

「因為牠是需要常常整理的貓，自然就很乾淨。」郁子筲解釋道，接著偏了偏頭，咋舌，「嘖，不過這隻貓還真是叛徒，看到妳就乖得跟什麼一樣，平常在我旁邊就很躁。」

「牠可能是討厭你這個主人。」殷楀枫毫不留情地打住了郁子筲的話，「吃飯了，去洗手吧。」

聞言，三人紛紛走到浴室將手洗淨，坐到餐桌。

殷楀松打破靜默，邊嚼著嘴裡食物邊說道：「我明天要跟同學出去喔，晚上會回來吃。」

「好，記得早點回來，爸媽明天會跟阿姨他們一起回來吃，別讓他們等。」殷楀枫囑咐道，見殷楀松應聲，轉而問坐在對面的白湘菓，「明晚應該是我和他一起煮飯，懶懶，妳要跟我們去超市買東西嗎？」

「我下午要和采穎出去，她說想和我多聊聊。」

語畢，殷槁杋在內心吶喊著，祈禱她願意和他倆出去。

不然他就要和身旁這妖孽一起買菜了，想想就覺心裡不舒服。

「嗯……不行。」白湘菓柳眉微微擰起，歉疚地說：「我下午要和采穎出去，她說想和我多聊聊。」

此話一出，殷槁杋手中握著的筷子隨之掉落，見眼前的兩人訝異地看著自己，連忙扯了扯嘴角，「沒事。」

「那麼，槁杋啊……你就跟我去買菜吧。」郁子箮手搭上殷槁杋的左肩，湊近了些，刻意放慢語速說道：「就、咱、們、兩、個。」

聽他一字一字清晰地在耳邊說道，殷槁杋不禁僵直身體，深深吸了口氣。

……所以這是他明天得和郁子箮待一塊的意思嗎？

殷槁杋閉上眼，想掐死自己的念頭都有了。

第十章

翌日下午，殷楀杋清點著冰箱缺少的食材，郁子筲則是坐在客廳的地毯上，專注地盯著面前的筆電，雙手忙碌地在鍵盤上敲打著。

關上冰箱，殷楀杋轉過頭，問道：「要補貨的東西挺多的，你要開車去嗎？」

「行。」郁子筲頭也沒抬地回應：「時間剛好的話，還可以順便載菓菓回來。」

「應該可以，她說采穎晚上也有事，最晚大概就到四點半。」殷楀杋瞥了眼腕上的手錶，「時間差不多了，現在出門才不會太趕。」

「好，等我把這個文件發出去。」郁子筲頷首，游移的手加快了些。

「你怎麼放假回來還在處理公事？」殷楀杋倒了杯水，遞到桌上，「是又有什麼事了嗎？」

「沒發生什麼事，就是之後有個活動，比較忙。」郁子筲確認郵件發送成功後，關掉電腦，拿起水杯啜了口：「其實我這樣已經算是在放假了，只有這個簡單的部分處理完就沒事了，輕鬆很多。」

「隨你。」殷楀杋嘆息，不打算繼續勸說，「走吧。」

兩人先後步出殷家大門，上了車，緩緩開往超市。

而另一頭的白湘菓，此時正在一間氛圍愜意的咖啡廳坐著，靜靜地聆聽面前的林采穎娓娓道來。

「其實啊，我今天約妳出來除了想多了解妳一些，還想跟妳說說我對妳的初印象。」林采穎語氣認真，「不過，應該不是說初印象，正確來講，是在妳跟我尬舞前對妳的想法。」

白湘菓眨了眨水眸，「妳很早就知道我了？」

「是啊，高一的時候就認識了，那時候看了妳們熱舞社末晚的表演，也間接知道了妳的名字。」林采穎轉了轉眸子，補充道：「因為那時候苑杏校網有放上影片，而且點閱率超高，紅到我們這來了，所以不知道也很難。」

「只是那時候影片燈光很暗，也沒有其他照片可以看，所以我其實不清楚白湘菓長怎樣，只能看個大概。」林采穎邊說著邊傻傻地笑了，「因為這樣，我跟幾個社團的朋友還特地去找妳的社群，結果是從妳們社團的Instagram找到了妳的帳號沒錯啦，可是妳頭貼沒放自己的，又是私人帳號，根本無從得知。」

白湘菓不好意思地乾笑，「啊，抱歉，我沒有用社群軟體的習慣⋯⋯」

「不用抱歉啦，這又不是妳的錯。」林采穎吸了口飲料，笑道：「妳真的好可愛啊，跟我想得白湘菓完全不一樣呢。」

「什麼意思？」

「那就是我的偏見啦，我看過妳跳舞後，不知道為什麼就覺得妳應該是很有距離感的女生吧，才能把這種舞風詮釋得那麼好。」林采穎聳聳肩，「然後耶晚的時候，我不知道我是腦抽還是因為要尬舞太興奮，看到妳跟妳朋友三個人走過來的時候，第一個想法就是覺得妳是花瓶……然後直到妳跳舞的時候才整個驚豔到，覺得妳超厲害的！穿短褲還能跪在那種地板上跳舞。」

「也就是說，妳那時候忘了影片中的『白湘菓』和『跟妳尬舞的白湘菓』是同一個？」聞言，白湘菓輕輕笑了。

「對對，沒錯，我講這麼混亂妳還聽得懂。」林采穎猛點頭，又拍了下自己的額，「我到現在還是不懂我那時候腦袋裡在想什麼，竟然很後面才想起來妳就是那個跳舞很厲害的白湘菓。」

「那妳為什麼看到我的時候會覺得我是花瓶？」白湘菓感到幾分好笑，「花瓶，我沒會錯意的話，應該是指『漂亮但沒什麼用處的裝飾品』？」

「差不多就是那個意思。」林采穎頷首，手扶上額，小聲地說道：「我說這些妳不要生氣喔。要我解釋我也講不出個所以然，我那時就覺得，雖然妳和妳兩個也很好看的朋友站一起，但妳散發出的感覺就沒這麼……強烈？就是有點弱吧，可是我又看到妳穿著表演服，怎麼也想不透的我，就先入為主地認為妳是因為長得漂亮才有辦法上台表演的。」

照常理來說，如林采穎所在的熱舞社，人數眾多，不一定所有人都有上台表演的機會。而能上台的條件不一，基本上是依能力擇定，但也有不少外貌漂亮、實力卻普通的人被選上，就是林采穎口中的「花瓶」。

「我們那時候學員只有十個人，自然就是全部上台表演了。」白湘菓神情淡然，「妳會這麼覺得很正常，可能我很低調吧，我沒有像漾舞她們強勢，也沒有像我朋友那樣個人特色很突出。」

「我還真的不太清楚妳們社團的狀況，其實我本來根本不知道苑杏有熱舞社呢，我一直以為只有漾舞跟嘻研。」林采穎回想著，問道：「妳們是不是沒參加各校舞展？」

「嗯，不過是沒邀請我們，而不是我們沒參加。」白湘菓輕描淡寫地說道。

「這樣啊，也太針對了吧……」林采穎不禁為此抱不平，「我會再想想方法，讓妳們以後可以參加的。」

「謝謝妳，采穎。」白湘菓微彎起唇，「願意幫我這麼多，不管是末晚的投票還是舞展的事。」

「哎，別這麼見外的喊我名字，妳可以叫我采采！那是我的幹名，也是我和一個好姊妹的合稱喔。」林采穎語調上揚地說道：「不用謝啦，末晚就算沒有我去慫恿我朋友，他們也說看完表演後就想投妳們了。舞展也是，不能讓這麼好的社團被埋沒，對我來說，妳超棒的，完全就是個寶藏啊。」

白湘菓失笑，「有沒有這麼誇張。」

「我可是實話實說喔。」林采穎俏皮地吐了吐舌，「好啦，我差不多要回去了，改天再跟妳聊更多事吧！」

「好。」見她站起身，白湘菓突地想起了什麼，問道：「等等，所以妳到底怎麼找到我聯絡方式的？」

「這個嘛……下次出來我再告訴妳。」林采穎大笑，「這樣妳才會跟我出來呀，太好了。」

白湘菓有些無語地笑了，目送林采穎踏著輕快的步伐離開視線。

相比兩人的愉快，在超市採買食材的殷檮杋和郁子筲，氣氛就顯得沉悶許多。

他倆單獨處在一塊時，似乎話題就離不開白湘菓。

這次也不例外。

「所以你和菓菓告白了，但她卻說不確定自己的心意？」郁子筲把殷檮杋方才說的一番話統整後問道。

「嗯，她說不希望自己不是喜歡而是依賴，就隨便答應。」殷檮杋自嘲地笑了笑，苦澀地說：「我該慶幸嗎？」

「的確是要慶幸。」郁子筲拿起一包烏龍麵端詳，「這麼熟悉的人，也不是沒好感，又很照顧自己，是別人大概就答應了吧。」

「也是，但她沒這麼膚淺。」

「不過，我覺得她沒馬上給你回應，不只是因為這個原因。」郁子筲投以個意味深長地眼神，唇角勾起一抹極淺的弧度，說：「我想，與其說菓菓只把你當知心朋友，不如說她大概一直都把你看作『完美的殷檮杋』，你對自卑的她而言，自然就是遙不可及的存在了。」

殷檮杋停下腳步，俊俏的臉上看不清一絲情緒。

許久，郁子筲將麵丟進購物車，嘴角雖掛著笑，一雙狐狸般的眼睛卻毫無笑意，直勾勾地盯著殷橒杋，話說得很輕、很輕：「你得好好想想，為什麼會讓她這麼看你了。」

§

經過那次和林采穎的談天後，兩人對彼此都有了進一步的認識，也相約了改天再見。由於都是三類組，學校也在鄰近的社區，白湘菓身旁又沒幾個同類組朋友，林采穎便主動提議了讀書邀約。

不過剛開學都還有各自的事務要忙碌，邀約暫且延至了四月。即便近期都不會與白湘菓見面，林采穎仍沒把讓苑杏熱舞拉進各校舞展的事給忘了，還將此事給辦得妥妥的。

她號召了十校的各幹部友人，幫苑杏熱舞轉發了表演影片，大大提升了知名度，最後順利地讓苑杏熱舞日後能夠參與各校舞展，也間接地使校方發覺熱舞有一定的知名度，成為不廢社的其一原因。

林采穎所為無疑成了復甦苑杏熱舞的一大助力，雖然她總和白湘菓等人說只是小事，可對此她們仍然心懷感激。

「湘菓啊，我們真的不用和采采道謝什麼的嗎？」江思在文件上迅速籐寫著，頭也沒抬地問道。

白湘菓慵懶地手支著額，「她是說她也只是幫個小忙，跟朋友說一下而已，主要是我們本來就有那個資格，如果我們自己沒那個實力，她找再多朋友也幫不上。」

「她還真是個大好人啊，不管是末晚的投票，還是在那之後的聲援都是。」楚于嫺感慨地輕輕嘆息，「完全把我們的局勢給扭轉了。」

江思認同地點頭，「這倒是，原本我們還是處處被邱葵年暗地陷害的小社而已，現在不僅不用被廢社，以後學妹們還能參加舞展了呢。」

「是啊。」楚于嫺溫婉一笑，「說到這個，我們得趕快把幹名和社服那些東西處理好，還有思妳手上這份文件是和新社員相關的，也得趕快交給學校。」

「還有，漾舞到底要不要廢社的事。」江思接著補充：「學校說若是我們同意，就直接照原案進行，不用回應，但如果我們要讓漾舞留存，再另外和校方告知就好。」

「我問過其他人了，她們沒意見。」楚于嫺聳肩，「我是也沒什麼差別。」

「我當然是希望能廢掉啦，畢竟她們也不是只有這一屆會搞事而已，沒比要留著禍根。」江思沒好氣地吐槽，轉而看向白湘菓，「不過，主要還是看湘菓吧。」

白湘菓這次沒處在狀況外，思路格外清晰，她對上江思投來的視線，緩緩地說：「我去和學校說吧。」

「妳要讓她們留著？」江思尾音上揚，「為什麼？」

「說得實際些，就是覺得這麼大的社就這麼被廢掉好像挺怪的。」白湘菓彎起唇，「但要追究以前的事的話，我回頭再和妳們好好解釋吧，我先去找老師說了。」

在兩人驚訝的目光下起身，白湘菓筆直地朝處室前進。
此刻的她之所以能夠堅定，要追溯到稍早打掃時間發生的插曲了。
那時，白湘菓正搬著回收桶到地下室做資源回收，才剛下階梯，她便隱約聽見從一旁舞蹈教室傳來的吵架聲響。
「算了啦邱葵年，妳還在那練舞幹嘛？還不如把力氣拿去整理設備，之後就要搬出去了，這裡以後要留著給熱舞用呢。」
白湘菓把桶子輕放到地上，探出頭觀看。
一名帶頭的少女佯裝勸說地對著站在鏡前的邱葵年說道，身旁圍著的幾名少女則低聲訕笑。
「唉，本來我們漾舞不會這樣的，誰讓妳這麼容易被激呢，這下害我們整個社團要被廢了，不就還好我們也要高三了，沒法參加社團。」少女嘆息，輕輕笑道：「沒什麼，我就想勸勸妳而已，要不要聽，就隨妳嘍。」
語畢，一行人推開教室門，先後步出了舞蹈教室，朝另一側的樓梯走去。
許久，確認地下室空無一人後，白湘菓走到教室外的鞋櫃前脫掉鞋，緩步走向癱軟在地的邱葵年所在處。
「妳還好嗎？」白湘菓聲音不帶一絲溫度地問道。
邱葵年猛地抬首，這時才發覺白湘菓的存在，惡狠狠地問：「妳來幹嘛？看我被她們洗臉很好笑嗎？」

「沒什麼好笑的，我就只是問問而已。」白湘菓淡淡地瞥了邱葵年一眼，「看妳還是一副攻擊性很高的樣子，應該沒事。」

「妳到底來這裡做什麼？這裡又不是外人可以擅自進來的地方。」邱葵年冷冷地喝斥，突地像是想起什麼似地，自嘲地笑了：「呵，我忘了以後這裡就是妳們的練習室了。」

「我只是來倒回收路過，順道來問妳一些事。」白湘菓走近了些，由上而下俯視顫抖的邱葵年，平靜地問：「妳為什麼要處處針對我？」

「為什麼？當然是討厭妳才做這些啊。」

白湘菓深吸了口氣，「這種道理我自然知道，我想問的是，什麼原因？」

「看不慣妳的人氣高。明明只是個人直拍，觀看數卻比我們漾舞社的影片還高，校慶沒表演，也是一堆貼文在問原因，討論度還是比漾舞高。」邱葵年不穩地站起身，直勾勾地看向白湘菓，「不管妳做了什麼，總是比我好。」

「那並不是我能控制的，我無法和妳解釋什麼。」白湘菓毫不畏懼地側過臉，對上邱葵年那雙盈滿憤怒的眼睛，「那妳有想過，當年的畢業舞台是我讓給妳的嗎？要是我沒讓出機會，妳根本沒法上——」

「那又如何？妳自願的，我可沒要求妳要這麼做。」邱葵年打住話，嫌惡地說：「我從以前就很討厭妳，一進社團就受社師的差別待遇，明明也跳得不怎麼樣。」

「原來嗎，妳從以前就討厭我，甚至把我當年的行為當作是理所當然。」白湘菓平復內心隱隱竄升的怒氣，緊握著拳，「那我再跟妳說一件事好了，我不打算讓妳們廢社。」

「……不讓我們廢社？為什麼？」邱葵年一怔，隨即瞇起眼，語帶不屑：「妳該不會是可憐我吧？我不需要。」

「是啊，我的確是看妳可憐。」白湘菓微勾起唇，眼底卻不見絲毫笑意，「妳們這種大社，廢社後衍生的問題一定很多，還有一堆學妹不知道會淪落到哪去，要是到時她們高二轉到我們熱舞，來搞事怎麼辦？」

「這種事不需要輪到妳來操心，那是我們自己的事。」

「妳說再多我還是會和學校說的，不會讓妳們廢掉。」靜默半晌，白湘菓輕輕說道：「但我想讓妳知道，我並不是原諒，而是憐憫。不只妳，妳們整個社團都是，只在乎自己利益，學妹們的就拋到一旁不管，一點責任感都沒有。」

白湘菓旋身而去，走出教室時，又回首，面色凜然地說：「自私的妳們，根本不配原諒，只有等著被可憐的份。」

這次，她不想再為誰，變成那個令自己疲倦的白湘菓了。

§

白湘菓二下的日子在不停奔波中展開，但她不辭辛勞，看著新社員轉入，換上社服後展露的開心笑顏，她便覺得所有辛苦都值得了。

有白湘菓三人的人氣加持，熱舞社人數頓時大增，和幾個大社並駕齊驅，皆是對她們精湛舞技慕名而來的。

一下子社團生活豐富許多，不再是單調平板地跑著行程而已了，幹部也不僅是一個頭銜了，她們雖遲了些，但仍體驗到帶社員的樂趣，忙碌卻又滿足。

就這麼充實地度過了一個月，時間飛快地來到三月中，段考前夕。

「楀杋兄，我跟你說啊，我剛在書上看到有關百香果的資料。」考大常雀躍地跑出圖書館，走到早已在外等候的殷楀杋面前，滔滔不絕地說：「我發現有超多品種欸，而且百香果有超多別稱的，像是什麼西番蓮啊……啊對，它的花聽說還被稱作受難花欸，是不是因為這樣白湘菓才會一直被惡搞啊？」

「她是因為國中的事才被那女的針對，跟那個沒關係好嗎……」殷楀杋淡淡地瞥了考大常一眼，無奈地嘆息，「你最近是又迷上什麼了？怎麼突然去看那種書？」

「這樣啊，我還以為她會這樣是注定好的欸……就電視劇和小說常出現的那種題材？我也不知道怎麼說，反正我以為是什麼很玄的事。」考大常晃了晃腦袋，「我喔，最近在看花語，覺得那挺有趣的。」

「少看些有的沒的，多讀點書吧，別老吃老本讀書，每次都考前才臨時抱佛腳。」殷楀杋不禁想勸說幾句，「不過，你看花語幹嘛？」

似是被戳中什麼開關般，考大常激動地說：「今天不是白色情人節嘛，我最近就在網上看到很多什麼花啊、巧克力啊，很多送禮的貼文，然後有一篇就是講送什麼花代表怎樣的愛，連朵數都有不同的含義喔，超酷的。」

「好好好，我知道了，很有深度。」殷檁杋輕推開貼上來的考大常，乾脆地跨開大步向前，走沒幾步又停下，回過頭，「你確定你不是想要送誰花才特地去找的嗎？」

考大常隨即往後彈，聲音大了幾分：「啊？怎麼可能啊？我送花給誰做什——」

「給江思嗎？」殷檁杋打住了考大常的話，微抿起唇掩飾笑意，「原來是這樣啊，那這麼有心去研究就說得通了。」

「我沒有！我沒有喔，我怎麼可能送花給江思大姊呢，那應該會當場被宰吧……」考大常連忙澄清，半晌，又覺有些不對勁，反問道：「等等，為什麼會說我要送花給她啊？」

「你倆最近不是挺熱絡的嗎？」殷檁杋感到有些好笑，「看你們每晚都一起打遊戲，還會邊打電話呢。」

「那是因為我們玩起來很合啊，又沒什麼。」考大常不以為然地聳聳肩，「打電話是因為有時候玩遊戲打字不方便，她又說直接在遊戲開麥很常遇到討厭的男生，就只好另外開啊。」

殷檁杋又笑，「是喔，那怎麼遊戲結束了，到睡前還捨不得掛電話？」

考大常反駁：「哪有捨不得？是因為江思說她那室友都不回來睡，害她每天都一個人，但是她又不想跑去跟白湘菓她們擠一間，我就好心陪她到她想睡啦。」

「在講什麼？我聽到你們提到我的名字了。」

見一個嬌小人影突地竄進視線，考大常嚇得抖了一下，「噢天，嚇死我了。」

「幹嘛？嚇成這樣，講我壞話啊？」江思雙手環胸，瞪著考大常，「說，你講了些什麼？」

「沒沒沒，我怎麼可能講大姊妳的壞話呢。」考大常乾笑幾聲，接著解釋：「我只是在和橋杋兄聊情人節的事啦，然後他在跟我開開玩笑提到而已。」

「情人節？噢，就是個與我無關的節日。」江思不以為意地點了點頭，轉而面向殷橋杋，「喔對了，你不去找湘菓嗎？這種日子你應該不會錯過才對。」

「我是有打算，但我怕這時候上去她會生氣。」殷橋杋淺笑，「等她下樓再說吧，比較不會引人注目。」

「嘖嘖嘖，真是替人著想的好男人啊。」江思咋舌，誇張地嘆息，「要是這世界上的男人能有殷橋杋一點的好該有多好，就不會是這麼令人厭惡的生物了。」

「妳把我想得太好了。」殷橋杋無語地輕笑，「我只有對她才會，別人不會這麼上心。」

「嘔，我聽了什麼？」江思忍不住乾嘔，不忘吐槽幾句：「看你們甜甜蜜蜜兩年了，該在一起了吧？」

「還久呢，我覺得。」殷橋杋彎起唇，「要等她確定心意還要段時間，不過沒關係，我慢慢等。」

江思覺得此刻殷橋杋的笑臉有些扎人，識相地抬手遮住眼睛，「該死，我剛不該走這裡的，我的眼睛都快瞎了。」

「我也覺得。」考大常在旁附和道，拉上江思的手，「大姊，咱倆還是在旁看的好，近距離太危險了，傷眼啊！」

江思無情地撥開考大常的手，指向遠處的地板，「你要就自己去，別拉我，去，去旁邊蹲。」

三人就在江思和考大常的打鬧下，緩緩走到了穿堂。

江思方才傳了訊息給白湘菓，讓她放學後到穿堂旁的空地找他們。

等待白湘菓的同時，他們注意到不遠處有一群少女正朝他們靠近。

「我是不是看到前方有群瘋瘋癲癲的女生？我的直覺告訴我，是楀杋兄的追求者。」考大常伸長脖子，「目測超過五個。」

「有夠多，真不想承認我跟她們是同類。」江思嘆息，「真難想像殷楀杋你是怎麼走過來的，走在路上隨便都一票追求者。」

殷楀杋失笑，擺了擺手，「沒有你們說得這麼誇張。」

說話的同時，少女們已經來到面前，各個面帶嬌羞，手中都捧著包裝精美的盒子。

其中一名鼓起勇氣遞給殷楀杋，後者則揚起一貫的溫雅微笑，搖了搖首，說：「抱歉，我沒法收，但還是謝謝妳。」

語畢，他繞過人群，往宿舍的方向走去。

「等等我啊楀枫兄！」考大常趕忙跟了上去，疑惑地問：「你不等白湘菓嗎？」

「不了，離開那裡才是現下最該做的，晚上再約吧。」見和人群拉開了距離，殷楀枫才恢復面無表情，「晚上也比較少人，才不會讓她不想出來。」

「也是啦。」考大常認同地頷首。

考大常跟隨著殷楀枫快速穿梭在樓梯間，很快便回到兩人的寢室了。

帶上門，見殷楀枫坐到書桌前，拿起桌上的水猛灌，面容透著疲倦，考大常訥訥地開口：「楀枫兄，你看起來很累。」

聞言，殷楀枫撫上臉，「嗯？有嗎？」

「有啊。」考大常走近他，「不過楀枫兄不管怎樣都很帥喔，就連現在也是。」

此話一出，殷楀枫微微愣住，見考大常神情無比認真，不久，他會心一笑，「謝謝你啊，大常。」

§

殷楀枫吁了口氣，起身到衣櫃前翻找衣服，「你什麼時候發現的？」

「一開始以為你只是真的什麼事都不太介意，所以就都笑笑的，後來看到有些事很誇張，但你還是掛著一樣的笑容，就想說，啊你可能是慣性的吧。」考大常聳聳肩，「可能是因為看到相似的人，特別有感吧。」

「你也想得真仔細。」殷樢枫淡淡一笑，走進浴室，關上門前又轉過頭，問：「相似？什麼意思？」

「沒什麼啦，哈哈，就是覺得有點……熟悉？」考大常不確定地說道，晃了晃腦袋，「哎呀，那沒什麼好說的，你趕快去洗澡要緊，等會還要見白湘菓呢！」

殷樢枫有些無語地被考大常給推進浴室，後者還很好心地順道把門給關上。

他凝視著鏡中的自己，手慢慢抬起撫上臉，摸了摸笑僵的肌肉，指尖放到唇上，感受嘴邊始終掛著的無懈可擊的弧度——

倒映的影像好似不是自己，僅是那個令他感到陌生的、可悲的，在人前展示的完美形象——殷樢枫。

思及此，他仰首，深深吸了口氣，冰冷的空氣硬生生竄入肺，他感到不適地乾咳幾聲，掌心用力地抵上牆，狼狽不堪地喘著氣。

闔上眼，他斂起微笑，一貫的溫雅不再，取而代之的是漠然的神情。

當晚，殷樢枫和白湘菓約在操場。

此時的操場空無一人，只有幾盞路燈和微涼的春風吹拂著。

「這時候還約我出來，不會累嗎？」殷樢枫背著光，白湘菓雖看不清他的臉，但仍慣性地開口關心：「我記得你今天社團中午有練習。」

「嗯，是有沒錯，不過不影響。」殷柟杋嘴角勾起極淺的弧度，「剛和大常聊了一會，好多了。」

「大常？你們聊了什麼？」

「不告訴妳。」殷柟杋神秘地低笑，「就是些輕鬆的話題，然後我發現他其實滿敏銳的，很多事都有觀察到。」

「怎麼說？」白湘菓鼓起腮，「告訴我喔。」

「考慮。」他輕笑，「那是男人間的秘密。」

白湘菓輕哼了聲，小跑步跑開，「算了，不跟我說就算了。」

跑沒幾步，她便被殷柟杋輕而易舉地從後頭抓住，「別跑，反正妳還是會被抓回來。」

「不要。」她噘起嘴，「我討厭你。」

「但我喜歡妳。」

「你喜歡還不告訴我，哪有人這樣的。」白湘菓不滿地催促：「快點。」

殷柟杋看著眼前的人兒聽了情話仍無動於衷，他無奈地笑了。

他邊思忖著該不該和白湘菓道出方才和考大常的對話，邊回想著稍早的場景。

考大常看似毫無重點的話語，卻準確地戳破了殷柟杋深沉的心思，雖然說得輕描淡寫，但究竟考大常察覺的細節有多少，他不敢斷言。

且考大常又說了自己給他相似的感覺，更讓殷柟杋不解了。

難不成考大常真如他所想，正和他做著相同的事？

思慮一番後，殷檣杋最後決定還是將話題給帶開，「聽說妳讓漾舞留存了，為什麼？」

「又轉移話題。」白湘菓踢了下腳前的石子，「就狠不下心嘛，想到她們會有一大群人沒有地方可去，還會讓其他社需要收留那些人，怎麼想都覺得很虧、很麻煩。」

殷檣杋忍俊不禁，「所以其實根本是妳怕麻煩，怕漾舞的奇怪份子跑出來搞事？」

「嗯……可以這樣說。」白湘菓吐了吐舌，「不過也算是給她個教訓吧，畢竟邱葵年這人，這麼自負，大概最無法接受的就是被踐踏自尊。我也只是跟她說我沒原諒她，只是可憐她才這麼做，就這樣而已。」

「這樣聽來，我們懶懶也是挺狠的。」他揉了揉白湘菓的髮絲，「沒想到妳也有這天，我以為我再也看不到強硬的懶懶呢。」

「我只是國中的時候突變吧，才會什麼都不想爭取。」她嘆息，「但邱葵年真的讓我很心寒，我才會這麼做。」

「嗯，是她太過分了。」殷檣杋附和道，又轉了個話題，「別講那種讓心情不好的事。妳說說現在的社團生活吧，妳那天不是說有件事改天有空要告訴我？」

「啊對，幹名！」她突地變得興奮，語調也上揚了幾分，「我最後取果果喔，不是我名字的那個菓，是水果的果。」

他輕哂，「有什麼特殊含義嗎？」

「我只是不想讓學員或其他校的人，叫的跟我哥他們一樣，雖然讀音還是沒變啦……不過至少寫的時候不同，我就覺得還是有差了。」她難為情地搔了搔頭。

「就像我不想讓一群男的喊我單名一樣道理，怪噁心的。」他感同身受地頷首，「等等，我的叫因因，妳又叫果果……」

「怎麼了嗎？」

他搖了搖首，微抿起唇，「沒什麼。」

「還有思跟嫺她們，一個叫薑薑，一個叫鹹魚。思是說取薑絲的話，唸的時候根本就跟名字相同，然後嫺是不希望有人叫她名字的另個諧音『廚餘』，才倒著取的。」白湘菓掐著手指一一點出，突地，停下步伐轉過頭，「對了，大常幹名叫什麼？」

「就大腸，食物的那個。」他看向她，「怎麼了嗎？」

「好奇問問而已。」她點了點頭，重重嘆息，「講到幹名，我就想到下學期好像也有各校舞展，有十幾個學校會參加吧，想到要面對這麼多人就覺得好可怕啊……」

「妳們舞展也要表演嗎？」

「我們是打算讓社員表演，畢竟我們期末就要卸幹了，還是要有個參考依據到時才能選幹，而且剛好也給學員一個很好的舞台展現。」白湘菓細細地解釋道，「不過我擔心的是，某些活動環節我們一定還是要參與，感覺就逃不掉社交。」

殷楀枂疑惑地問：「妳不是教學？怎麼也要和其他學校的交流？」

「我是教學沒錯，但發飲料什麼的，我們都得幫忙，就會接觸到別校的。」她喪著一張臉，有些焦躁地說：「我當初就是因為怕社交，才不太想當的。思那時候還說沒有各校舞展，不會有那種問題，結果現在……」

「懶懶。」他大手覆上她的頭頂，動作輕柔地揉了揉，「別緊張，妳不是一個人，妳還有江思她們，有問題也可以找林采穎，她一定很樂意幫妳的。」

柔和的月光傾落在殷楀杋俊俏的臉蛋，白湘菓抬起首，對上他那閃爍的漂亮雙眸，以及隱隱從頭頂傳來的暖意，她紊亂的心緒頓時被撫平。

「好像也是。」半晌，她喃喃道：「沒什麼好怕的，我也得試著跨出去了。」

「也別太逼迫自己快點適應，慢慢來，這是要慢慢經歷後才能學會的。」他溫聲道：「妳已經比以前還獨立了。」

從國中在旁陪伴至今，殷楀杋看著白湘菓從對誰都怯生生的女孩，蛻變成現在獨立的她，他感受最深。

不僅學習了生活技能，待人處事也不馬虎，為的就是不再過度依賴他。

雖然有些感慨，但心頭上盈滿的欣慰卻也是無法忽略的。

她重新漾起笑，「嗯，我會繼續努力的，慢慢地成為更好的白湘菓。」

殷楀杋凝睇著白湘菓笑彎的杏眼，鮮少展露的笑眼比此時的熠熠星光更加明媚動人，雙頰微微鼓起的模樣甚是可愛。

在這樣節日裡，能看到如此怦然美好的畫面，他也不多求什麼了。

§

段考完便是四月的四天連假，習慣放假便會返家的白湘菓，和林采穎約在上次的咖啡廳見面。

雖然沒有任何作業和考試，不過各校舞展緊跟在後，眼見著大型社交場面臨近，白湘菓就愈發緊張。

「其實妳不用想那麼多啦，主要就是表演而已，其餘的時間頂多就是拍拍照、發放東西，妳擔心的交流實際上很少。」林采穎擺擺手，「而且啊，妳又是教學，如果是社長或公關，可能就需要跟別校的有互動了，妳應該就是留在自己校陪學妹比較多。」

白湘菓咬著吸管，低聲道：「真的是這樣嗎……」

「當然是真的啊，我騙妳幹嘛？」林采穎笑盈盈地說道，又問：「不過，妳們幹部真的不表演嗎？全部都給學員啊？」

「嗯，是大家一致通過的決議。」白湘菓頷首，「畢竟我們也高二了，社裡的人大都也很重課業，自然就希望能減少社團的排練，所以就乾脆讓學妹們來，我們在旁監督而已。」

「啊，其實這方法還挺好的啦，就是不太適合我這種對跳舞很瘋狂的人，嘿嘿。」林采穎吐了吐舌，「不過這樣好可惜啊，沒法看到妳們幾個跳舞了，都是厲害的人啊。」

「沒這麼誇張啦。」白湘菓有些不好意思地低下頭，「我也要多花心思在讀書上了，在苑杏三類的課業壓力很大。」

「對欸，畢竟苑杏是第二志願嘛，我們學校風氣就沒這麼沉悶了。」林采穎不以為然地聳聳肩，疑惑地問：「可是妳都沒有同組的朋友嗎？」

「沒幾個。」白湘菓搖了搖頭，淡然一笑，「我的朋友不多，而且都是文組的。」

林采穎伸出手覆在白湘菓的手背上，「這樣啊，沒關係，我可以陪妳讀書的！」

白湘菓莞爾，「謝謝妳呀。」

「我先去上個廁所好了。」

白湘菓應了聲，轉過頭，手托腮望著窗外。

突地，一隻眼熟的白貓晃進視線，牠慢悠悠地爬到落地窗前，白湘菓愣了好半晌，才趕忙站起身走出店外。

她小跑步到貓面前蹲下，牠靈活地跳上她的膝蓋順勢爬進懷裡，她輕輕抱起貓，小聲地說：「壽司你怎麼在這裡？不是應該在家裡嗎？」

白湘菓張望了四周，正納悶白貓為何會從家門跑出來時，一陣腳步聲從後頭傳來。

「懶懶。」

她回過頭，殷楀朳出現在身後，微喘著息的模樣，驚呼：「朳？」

「我來追貓的，我剛打開車門的時候，牠直接跳車然後跑走，快得跟什麼一樣，明明楀松和那傢伙也在啊……」殷楀朳邊解釋道，邊不解地偏了偏頭。

「你們出來了？」白湘菓瞥了眼手錶，「還有十幾分鐘才到五點不是嗎？」
「啊，我跟郁子筲提早出門了，剛在附近等妳，下車透個氣而已，沒想到壽司就跑走了。」
殷樆杋伸手接過白貓，「牠可能想趕快見到牠主人吧。」
「是噢。」白湘菓輕笑，「好啦，你趕快把牠帶回去吧，我等會結束後再去找你們。」
和殷樆杋短暫道別後，白湘菓又走回店裡，林采穎已從洗手間回來，正坐在位子上看著自己，臉上還帶著不明的笑容。
「抱歉，我剛出去處理個事情。」白湘菓帶著歉意地說道。
「沒事的，我懂。」林采穎眨了眨眼，抬了抬下巴示意門外走遠的殷樆杋，語帶興奮地說：「他是誰啊？男友嗎？長太帥了吧！」
白湘菓慌忙地搖手，「不是啦，他不是我男友……」
「不然呢？怎麼把那隻貓帶走了？」林采穎瞇起眼，揚起不懷好意地笑，「你倆肯定有鬼。」
「什麼啦……」白湘菓難為情地微側過臉，「那隻是我的貓。」
「妳的貓怎麼又會在他那呢？」林采穎咋舌，意味深長地說：「嘖嘖，有點微妙的關係啊。」
「妳想太多了。」白湘菓有些無語，慶幸自己方才並未和林采穎再多解釋，否則她大概跳到黃河裡也洗不清了。

而另一頭，咖啡廳附近的巷弄，殷楀杋三人坐在車裡等候著。

「我說，楀杋啊，你跟菓菓的解釋也太爛了吧？」郁子篔聽完殷楀杋對方才場景的敘述，忍不住吐槽。

「同意，明明是哥想早點見到姊的。」後座的殷楀松也跟著附和道，右手放在貓身上輕撫著，「壽司完全是幫你助攻，結果你還怪到他頭上。」

見兩人毫不留情地先後調侃自己，殷楀杋生無可戀地閉上眼。

怎麼喜歡一個人搞得他這麼衝動呢……

「不過，壽司為什麼要幫哥呢？」殷楀松盯著白貓喃喃道：「剛才看牠還一臉很不情願給哥抱啊，奇怪了。」

此話一出，殷楀杋脆弱的心靈頓時又中了幾道冷箭。

果然兄弟倆的個性相似不是件好事，講話一樣一針見血。

「可能我們壽司，是想幫牠的小主人菓菓吧，想讓他們趕緊在一起？」郁子篔摸著稜角分明的下頷，說道：「畢竟都喜歡了四年，而且還是每天見面的人，結果還沒在一起，實在是有點誇張啊。」

「……她今年才知道我喜歡她這事好嗎。」殷楀杋沒好氣道：「我也才剛開始追沒多久。」

郁子篔直接忽略了殷楀杋的話，重重地拍了下他的肩，「好好追啊，我期待能早點看到你倆在一起啊。」

「講得追人很容易似的。」殷檁枫撥開郁子筲的手，「那你怎麼這幾年都單身？」
「這是兩回事吧？」郁子筲不甘示弱地說：「我這叫寧缺勿濫，謝謝。」
「是，最挑的就是你了。」殷檁枫打開車門，「時間差不多了，我去接她。」
殷檁枫緩步走到咖啡廳外，白湘菓此時也正好推開玻璃門，她和林采穎揮了揮手道別後，快步朝殷檁枫走近。
「聊得很開心嗎？」見白湘菓臉上漾著清淺的微笑，殷檁枫不禁勾起唇，「妳看起來很高興。」
「嗯？我有嗎？」白湘菓微微愣住，「應該說剛好講到一個話題，采采很興奮吧，覺得她挺有趣的。」
「妳們說了些什麼？」
白湘菓欲言又止，「呃，就她剛剛看到你了，然後就開始問我一些很難回答的問題……」
「什麼很難回答的問題？」殷檁枫嘴邊的笑意更深了，「問我是不是妳男友？」
聞言，白湘菓詫異地往旁彈開，尾音上揚，「你怎麼知道！」
「猜的。」他又笑，「正常人都會這麼問。」
「說的也是，我記得思一開始也有問過類似的問題。」她頷了頷首。
「所以呢？妳怎麼回她？」
「我當然說不是啊，雖然她一臉不相信就是了。」她苦惱地說：「怎麼辦？她說回家還要繼續問我們的事欸……」

他神秘地笑道：「我有個辦法，可以讓她以後都不會再問一樣的問題。」

「什麼辦法？」白湘菓好奇地停下腳步，仰頭看向殷楀杋。

他微微傾身，身子和她貼得很近，嗓音隱約透著笑意，低聲說道：「和我在一起，妳就可以好好解釋我們的關係了。」

她睜圓了杏眼，小臉染上一抹緋紅，她羞窘地輕推開他，「……不要說這種話啦。」語畢，她飛快地跑走了。

他低笑幾聲，追上前方落跑的白湘菓。

真是可愛啊。

第十一章

到了每年各社新舊幹部的交接時節，舊幹部們皆審慎地擇出適宜的人選，並讓新幹部提早上任實練。

熱舞社即便今年社員增加不少，但各個都有參選幹部的意願，白湘菓等人也在短時間內便擇定好新幹部人選，也將名單上繳給學校了。

不過，籃球社的情形就不太樂觀了。

「所以現在的情況是，直到今天都沒有任何一個人要選幹，高二都要轉社是嗎？」聽了考大常統整意願後的結果，殷楀枫放下學員名單，微擰起眉心，有些煩躁地說道。

「雖然很不想承認，但，是的沒錯。」平時笑容滿面的考大常此刻也正襟危坐，「只有兩個學弟要留下來，但他們說只想當器材或文書之類的。」

「那這樣還至少要有三個幹部才行，副社可以兼任，就剩社長、公關和總務……」殷楀枫愈說愈小聲，左手支著額，右手焦慮地轉著筆，「都什麼時候了還沒搞出個名單，六月就要交出去，這要我怎麼憑空生出三個幹部？」

坐在一旁的考大常，見平時溫和的殷楀枫神情嚴肅，語調也不如一貫的平淡，反常的模樣使他手足無措，拿起桌上的手機發了訊息給江思求救。

殷楀枫側過頭，「大常，你有什麼想法嗎？」

考大常停下在鍵盤上快速敲打的雙手，嚥了嚥口水，搖首，「楀枫兄都不知道了，我又怎麼可能知道。」

「是這樣嗎？你平時點子挺多的。」殷楀枫揉亂了瀏海，又問：「學校有強制規定高三生不能留幹嗎？」

「有沒有強制我不清楚，但每個社團都是這樣沒錯，我看別校也是，畢竟要準備學測了，大概沒有學校會讓高三生參加社團的吧。」考大常轉了轉眸子，聳聳肩，「還是問看看學長？」

「也行。」

殷楀枫隨即撥了通電話給直屬幹部，那一頭過沒多久便接通了。

「苑杏這部分的規定沒到很強硬，之前就有過例子，是高二的幹部續留到高三的。」聽完殷楀枫解釋了情況後，前任社長接著說：「不然你和大常就留下來吧，如果真的沒人留，和學校說一下，他們會通融的。」

「好，謝謝學長……」愣了半晌，殷楀枫訥訥開口。

「不會，有事再和我說，我過幾天有空會再繞過去看看你們。」

簡短的通話結束，見殷楀枫深鎖的眉頭沒有絲毫放鬆，考大常小心翼翼地問：「學長說什麼？」

「他說要是找不到人，就我們留下來，高三繼續做。」殷楀枫毫無起伏地說。

「這樣啊。」考大常點了點頭，「我是可以啦，只是椈杋兄你怎麼想？」

「怎麼偏偏就幾個比較重要的幹部沒人接呢，升上高三後距離學測就剩不到半年了，哪有時間搞這些……」殷椈杋喃喃道，手裡握著筆不受控地在白紙上畫著圓，「模考完接著段考，每天都得複習，本來就一刻也不得閒了，現在還多了社團要顧……煩死。」

……煩死？

考大常看著殷椈杋顯然沒將自己的話給聽進去，自顧自地低首碎念著，甚至還語出未曾從殷椈杋口中聽過的字眼，他整個人都懵了。

直覺告訴他殷椈杋不對勁，但頭一次遇到這狀況的他，卻只能眼睜睜地在旁看著。

就在考大常心急如焚之際，殷椈杋桌上的手機螢幕亮起，清脆的鈴聲在下秒響起。

殷椈杋緩緩直起身，看清來電顯示後拿起手機，淡淡瞥了眼考大常，說：「我出去接個電話。」

走出寢室，殷椈杋滑開接通鍵，將手機移至耳邊，「喂？」

「哎，我親愛的表弟，你是怎麼一回事啊？」郁子筲幽幽的嗓音自另一頭傳來，「剛菓菓告訴我的，她說你朋友看到你很反常，不知道該怎麼辦就跑去問她了，結果她也沒遇過，就只好打給我。」

殷椈杋微微愣住，原來方才他的一舉一動考大常都看在眼裡，還特別留意。

他走到空無一人的小空地，倚上欄杆，輕輕道出整件事。

「原來是這樣啊。」郁子筲應了聲，「所以你最後確定是要接了嗎？」

「沒意外的話，是。」殷楀杋斂下眸，嘆息，「這不是我說不想就能推掉的事。」

「可是，高三生的確不應該再操心社團事務才對。」郁子筲口吻正經，「難不成就因為，沒有你籃球社就會沒社長這理由，強迫你要留下？」

「不能那樣說，那本來就是我的責任。」殷楀杋悶悶地說：「這樣會害籃球社沒法正常運營的，而且籃球社的事跟其他大社比算很少，要是做好時間分配的話，也是可以好好兼顧——」

「別逞強了，拜託。」郁子筲打住殷楀杋的話，難得不帶溫度地說：「不是早跟你說過了，別什麼事都往自己身上攬，然後每件事都想把它做到最好，你只是殷楀杋，不是神。」

「我知道。」殷楀杋自嘲地笑了笑，「但你知道嗎？當你在人們眼中的形象一旦定型了，你就只能是那個『完美的人』，好像有什麼細節沒處理好就不合常理。」

「我懂你的意思，但這不能成為你不想辜負眾人期望的理由。」郁子筲忍住翻白眼的衝動，轉而耐心地糾正：「那是別人定義的你，他們所想的，並不代表你就一定要成為那樣的人。」

聞言，殷楀杋停下敲著欄杆的指尖，薄唇抿起，將原還欲說的話全吞了回去。

確實，郁子筲所言無一句假話，皆把他幾年來所困擾的給駁回了。

他一直都理解這道理，可始終無法讓自己脫身。

就如他現在還擔心著考大常看見自己的反常，會作何感想？

會覺得殷楀杋怎麼突然變了個人嗎？會無法接受嗎？

殷楀杋又問：「我連我現在該怎麼面對我朋友都不知道，又該如何面對其他人？」

「我覺得吧，要是他跟你很好，就不用顧慮這麼多了，直接跟他說吧。」雖不解為何殷楀杋突地將話題轉到這，但郁子筲還是耐心地答道：「是知心朋友的話，會理解你的。」

「那籃球社這事我該怎麼做？還是得留任？」

「如果一直都沒人要選，大概也只能這樣了。」郁子筲輕笑，「但以什麼心態去面對，就是你要自己調適的事了，總之，別讓自己一直處在高壓狀態，做不好是難免的。」

§

和郁子筲結束通話後，殷楀杋趴在欄杆，任晚風吹拂著稍早被自己揉亂的髮絲。

「楀杋兄！」

殷楀杋循聲望去，便見考大常笑著朝他走來。

「看你接個電話，一出去就是半小時，我都洗完澡了你還沒回來，怕你出什麼事就過來看看啦。」考大常笑著解釋道。

見考大常的頭髮微濕，殷楀杋揚起眉宇，「怎麼不吹乾再過來？」

「啊，這一點頭髮而已等會就乾了，不礙事。」考大常擺擺手，「楀杋兄這麼貼心，我可是會愛上你的喔。」

殷楀杋徹底無語，「……當我沒問。」

「好啦，開開玩笑嘛。」考大常收起笑臉，「所以你好點了嗎？」
「嗯，好多了。」殷楀杋面帶歉意地說：「抱歉，剛嚇到你了吧？」
「是嚇到了沒錯，不過不用道歉啦！你也只是比較反常而已，根本沒做什麼怪事呀。」考大常走向前，整個人豪邁地掛在欄杆上，「而且我覺得你只是表現出真實的你而已。」
「你怎麼連這個都看得出來？」殷楀杋感到好奇地笑道，「我感覺你好像知道很多事。」
「其實我也只是每天待在你旁邊，和你成天相處在同個空間罷了，自然會察覺到一些事情啊，這根本沒什麼啦。」考大常難為情地搔了搔頭，「像是你對別人和對我的態度、表情就完全不同，以情人節那次舉例，就很明顯啊。」
聞言，殷楀杋一怔，唇微微開合，被考大常所言堵得啞口無言。
在外面對眾人時，唇邊揚起的完美弧度、眉眼間透著的溫和親近、得體的談吐舉止……等，每個微乎其微的細節他都得掌握，才能展現出那個無懈可擊的「殷楀杋」。
可與熟識的朋友待在一塊時，他又變回神情淡漠，少言卻時時開口便一針見血的少年，那個最真實、毫無包裝過的自己。
他不曉得自己是從何時開始變成這副陌生的模樣了，只知道似乎很久沒以原始面貌待人，久到他幾乎都快要分不清，自己究竟是為了眾人的期望而扮演，抑或是他的本質就該是如此？
「可能就像我上次說的吧，因為我和你相似，所以比任何人都還容易注意到。」考大常接著說：「不過呢，我並不清楚你為什麼這樣，因為你沒和我提過這些，只能猜測我們的出發點應該是不同的。」

殷楀杋頷首，輕輕地說：「我確實沒和你講過這類的話題，應該說，我沒跟我表哥以外的人提過，但這不是因為沒人值得我信賴，而是沒想過要說，也不知道從何說起。」

「我有時候都會想，你好像都沒和我講過什麼有深度的話題，是不是因為我平常都吊兒郎噹的關係，哈哈。」考大常吐了吐舌，「其實你可以放心跟我說，兄弟間就是要心靈交流、彼此互助啊，而且我還是有正經的時候啦！」

「我知道了，不如我現在和你說吧。」殷楀杋勾起一抹淺笑，「我國中的時候因為成績很好，很受老師們喜歡，常常讓我參與各項競賽，我也都有拿不錯的獎項回來，於是我就被大家說是『好像沒有做不好的事』的模範學生。」

「你覺得這故事聽起來很輝煌嗎？」見考大常瞠舌，殷楀杋不禁笑了，吐出一聲違和的嘆息，「並不。我因此習慣了旁人對我有很高的期許，也漸漸地想把所有事都給做到最好。一開始我還是正向的這麼想著，但到了高中，我的心境開始變得病態了，不允許自己有任何差錯。」

若說促使他從青澀的小男孩，蛻變為成熟懂事的殷楀杋，其中的契機有兩個，那麼其一是白湘菓，另一則是外在的眼光。

「聽起來好辛苦……原來楀杋兄的完美都是強撐出來的嗎？」考大常心疼地皺著一張臉，手還戲劇性地捂著胸，「我光用聽得都覺得那是件很累人的事，更不用說是承受著這些的你了。」

「你那什麼表情，真是。」殷楀杋無奈地搖首，將話題轉向考大常：「那你呢？是為了什麼原因？」

「我啊，雖然和楀杋兄一樣，出發點都是因為別人，也是時常都笑著，但原因卻完全不同喔。」考大常傻傻地笑了，「我希望自己在別人面前，永遠都是快樂的樣子。」

「為什麼？」殷楀杋微微愣住，原來考大常平時歡樂的模樣全是裝出來的？

「別這樣看我啦，我會覺得自己很可憐，唉。」考大常佯裝喪氣地說道，「我本來身上的快樂成分沒有這麼多的，只是我常會聽到別人說我是他們的開心果，所以我就覺得，既然這樣，那我就一直當散播歡笑的人好了。」

殷楀杋擰起眉，「這樣很累吧？心情不好的時候還得撐著。」

「這是當然的，所以我都會用很誇張、上揚的語調讓人覺得我很快樂。」考大常苦笑道，「雖然這麼做很累，不過是我心甘情願的，只要能看到別人因為我而感到愉悅，就好了。」

語畢，殷楀杋沒有回應，而是用那雙彷彿能透析人心的漂亮眼睛，靜靜地凝睇著考大常此刻的笑顏。

看不出是否為發自內心的笑，卻會被考大常的笑容間流淌出的喜悅所感染，好心情進而覆上心頭。

「哎呀，別說那些了，說這麼多也沒用的，我們最後也只能互相慰藉而已。」考大常笑瞇了眼，輕聲說道：「明天，我們還是得以一樣的面貌對待世界的。」

第十二章

自從殷楀杋和考大常因彼此的相似而相談甚歡後，他倆相處得更自在了些，心靈上的交流也比以前來得多。

籃球社的幹部交接一事，殷楀杋也在郁子筲的開導下，順利地留任社長了。

雖說讓殷楀杋的心境能在短時間內轉好，主要功臣無疑是耐心勸說的郁子筲，可前者顯然沒將這事放心上，態度仍是一貫的冷漠。

「我說你啊，怎麼每次都利用完我就跑呢？」郁子筲咋舌，俯視著躺在沙發上無所事事的殷楀杋，「嘖，這次還連謝謝都沒說呢。」

「是要說什麼謝謝，都這麼熟的家人了。」殷楀杋邊手持著遙控器隨意切台，邊往旁挪了些，「你能不能閃旁邊，擋到我看電視了。」

「現在還叫我閃邊？哇，真是沒大沒小了你。」郁子筲尾音上揚，嘴裡邊碎念著些什麼，邊走到一旁沙發坐下，「對別人就這麼謙和有禮，對我這個表哥態度就差了十萬八千里，真是。」

「對你不用。」殷楀杋冷冷地吐出幾個字，「別我好不容易放個暑假能回家還擋我。」

「唉，就不說你對白沐爾那傢伙還會叫『哥』呢，我呢，從來就沒聽過你叫我含『哥』的任何稱謂，每次都老喊我名，搞得我們同歲一樣。」郁子筲不停搖首，故作惋惜地嘆息。

「……這不能這麼比。」殷楀杋對郁子筲所言感到有些無語，「他畢竟是懶懶的哥哥，我當然要好好叫。」

「說得好像要結婚似的，她可是連答應你的追求都還沒啊。」郁子筲本能地調侃道，突地直起身，彈了個響指，「啊，我應該帶白沐爾回來的，他這個大妹控應該很想看到菓菓剪短髮才對。」

「說到哥，我怎麼感覺很久沒看到他了？」殷楀杋疑惑道。

「是啊，自從我畢業後，時間比較自由，時不時有空就回來高雄，就很少跟他見面了。」郁子筲不以為然地聳聳肩，「大概是因為交女友了吧。」

「交女友？」殷楀杋音量提高幾分，「他什麼時候交女友了我都不知道。」

「你遠在天邊當然不知道啊，就連我這住很近的人，都是我不經意發現後他才告訴我的。」郁子筲彎起唇，「大概是不敢告訴寶貝妹妹吧，畢竟他說過他最愛的女生就是菓菓，結果現在啊……」

「我怎麼感覺是他自作多情了。」殷楀杋神情淡然，「懶懶頂多就是生氣她哥隱瞞她而已，交女友對她反而是件值得開心的事呢，可以不用再被哥哥保護得死死的。」

「說的真對啊。」郁子筲擺擺手，拿起桌上的茶杯，「別提那個為愛情離我們而去的人了，說說你吧。」

「我？」殷楀杋警戒地往旁挪，上下打量了郁子筲一番，「你要幹嘛？」

「沒有要把你給吃了，怕什麼。」郁子筲淡淡瞥了眼呈防衛狀的殷楀枫，啜了口黑咖啡，待溫熱的液體流入喉，他才緩緩啟口：「既然你社團的事都處理好了，也和你朋友聊過了，那麼就來講講你那看起來毫無進展的追愛吧。」

「……毫無進展，說這什麼讓人不悅的話。」殷楀枫沒好氣地白了郁子筲一眼，「我還是有慢慢地用適合她的方式追好嗎？」

郁子筲挑眉，「例如？說來聽聽。」

「一下子叫我舉例我還真的說不出來。」殷楀枫思忖半晌，「不過，大概就是常出現在她面前，但都會避開人多的地方，還有偶爾講些情話，殺她個措手不及，以免她忘了我喜歡她這件事。」

「喔？你什麼時候變得這麼會調戲了？」郁子筲揚起俊美的笑，「是不是被我洗禮多年後的成果啊？哎，那還真是欣慰啊，我們楀枫長大了呢。」

「誰像你這麼無聊一天到晚調戲別人。」殷楀枫深吸氣，嘴角抽了抽，「我只是藉由捉弄她的反應來確認她的情感而已。」

「是這樣啊。」郁子筲顯然沒將殷楀枫的反駁給聽進去，轉而望向壁上的時鐘，問：「是說，這個時間，菓菓應該剪完頭髮了吧？」

「兩個小時過去了，應該早就回來了。」殷楀枫連忙站起身，「我去看看，她剛說剪完要自己走回來，不知道到家了沒。」

「她也就在社區裡的美髮店剪而已，又不是跑很遠，是在擔心什麼？」見殷樭杋上一刻還在，下一秒就不見人影，正納悶時便聽到從後方傳來的關門聲，郁子筲無奈地再度嘆息，「話都還沒說完就走，是有多著急。」

早已走到對街白家的殷樭杋，自然是沒聽見郁子筲的碎念了。

以備用鑰匙轉開鎖，推開鐵門，見一雙熟悉的白鞋好端端地擺在鞋櫃，殷樭杋懸著的一顆心才稍稍放下。

但多慮的他還是走進客廳，環顧四周，見只有些許從窗簾間細縫透進的陽光，沒打開燈的空間甚是陰暗，他直覺地走上樓。

悄悄打開房門，眼前的畫面讓殷樭杋愣了許久，才又反應過來步入房裡。

少女背對著他，一頭短至耳下的短髮，和因陽光的傾落而變得暖褐的髮色，以及身上的米色細肩背心，都陌生到他險些認不出來。

要不是床邊還擺著白沐爾送的娃娃，和躺在身側的白貓，殷樭杋或許會以為自己走錯家門了。

他感到有些好笑，繞過床到另一側坐下，凝睇著白湘菓的睡顏。

許久不見的瀏海回來了，差別僅是頭髮長度，卻讓白湘菓整個人的氣質都不同了。

他突然回想起兩年前的情景，也是和此時相同，他努力地將白湘菓與記憶中的模樣連結，卻怎麼也不適應。

就在殷樭杋出神時，白貓跳上白湘菓的背上，又靈活地跳到床鋪，睜著一雙灰褐色的貓眼盯著他。

見狀，殷楀枫拉回飄遠的心緒，呆愣地看著白貓直勾勾地望著自己，一副隨時會撲上來的護主姿態，他隨即明白了一切。

他有些無語，這貓怎麼到現在還是厭惡著自己？

撇開臉，乾脆地忽略了那讓他背脊發寒的銳利視線，轉回看向白湘菓，見她仍不為所動地熟睡著，他輕輕笑了。

雖然殷楀枫這幾年不停地在習慣白湘菓時而變動的髮型，以及慢慢轉變風格的穿搭，但到頭來，她還是他喜歡的那個樣子。

§

殷楀枫沒打算在房裡待太久，畢竟那隻白貓似乎就像是在下逐客令般，踏著危險的步伐朝他逼近，識趣的他索性下樓把白湘菓的衣物給收上來。

白湘菓一人的衣物也不過幾件，他很快便又回到房間，將其放到床邊，自然地無視掉了窩在一旁的白貓，熟練地把衣服摺好，再按類別放進衣櫃。

他又順手收拾了桌上凌亂的雜物，將它們一個個放妥後，他感受到後方有些動靜，循聲源處望去，便見方才還充滿戒心的白貓，此時神奇地坐在腳邊，面容也頓時變得溫馴。

他彎下身，緩緩伸出手，試探性地摸了下貓柔軟的毛髮，牠竟沒有反抗地乖乖坐著，還有些享受他的撫摸。

半晌，殷榪杋微勾起唇，自顧自喃喃道：「知道我不是來害你主人了吧。」

「不過，你也太聰明了。」他稍稍施了些力揉，嘀咕著：「發現誤會了，就趕緊乖乖地來討好……這應對啊，感覺就是待在那傢伙身邊太久，受影響了。」

「杋，你蹲在那講什麼？」

殷榪杋回過頭，便見白湘菓揉著眼睛，迷迷糊糊地呆坐在床上。

「沒什麼，我在跟牠溝通。」殷榪杋果斷地站起身，把白貓拋在後頭，走到床邊坐下，「妳是一剪完頭髮就回來睡覺嗎？」

「對啊，我坐在那好累，所以一回來馬上躺床，然後就睡著了。」白湘菓點頭，又不解地問：「為什麼要跟壽司講話？」

「因為我剛進來的時候，牠可能以為我是壞人，很兇的盯著我，但牠剛又看我在幫妳整理東西，大概是良心發現自己誤會了我，就爬到我旁邊討摸。」殷榪杋不確定地推測道，「牠很守護牠的主人。」

「真的噢，那牠感覺好聰明。」白湘菓讓白貓爬到交叉的雙腿間後，手隨意地撥了撥翹起的頭髮，髮絲隨即回到柔順的狀態，她指著自己的臉，「我剪這樣好看嗎？」

「很好看。」

見殷榪杋沒有遲疑地馬上答道，白湘菓難為情地別開臉，「不會太短嗎？」

「不會，很適合妳，短髮很可愛。」殷橋杋笑得溫煦，「雖然有點不太習慣，剛差點認不出來。」

「你上次也這麼說，就我把瀏海留長，然後去把它弄成旁分的時候。」白湘菓眨了眨水眸，「真的差很多嗎？」

「就是給人的氣質差很多，但還是好看的。」殷橋杋疑惑地問：「怎麼會突然想剪短？還把瀏海留回來？」

「其實跟上次的原因差不多，就是懶得整理而已，瀏海是突然想念，所以就剪回來了。」白湘菓摸著自己變短許多的髮尾，「而且我髮尾有燙彎，不太會亂翹，想說接下來要準備學測了，這樣比較不會浪費時間。」

殷橋杋神情柔和地凝視著白湘菓，手情不自禁地伸到她頭頂，壓了下蓬鬆的瀏海，輕聲說道：「好懷念。」

「幹嘛這麼喜歡壓我瀏海啦……」白湘菓不滿地嘟囔，「有這麼好玩嗎？」

「就覺得很療癒。」殷橋杋眼底盡是笑意，撫上白湘菓的側臉，「跟捏妳有點圓的臉一樣。」

她微蹙起柳眉，「哪有圓。」

殷橋杋沒有回應，只是又捏了下她的臉，低低笑了。

就在此時，房門輕輕被推開，兩人默契地轉頭，就見郁子筲探出一顆頭，視線在他倆間游移。

「咳咳，抱歉，打擾了。我只是來提醒你們一下，白沐爾突然說他到高雄了，等下就到家，先給你們個心理準備啊。」郁子筲刻意地乾咳幾聲，語焉不詳地說：「你們繼續、你們繼續，慢慢玩啊。」

語畢，郁子筲便帶上門，留下愣愣的兩人。

許久，白湘菓打破沉默，訥訥地開口，「……子筲哥是不是誤會了什麼？」

「別理他，大概又在胡亂猜測。」殷槅杋淡淡地瞥了眼房門，「真破壞氣氛。」

「什麼？」

「沒什麼。」殷槅杋搖首，轉而看向白湘菓披在肩上的棉被，問：「妳會冷？」

「還好，我只是因為穿比較薄，又開冷氣，所以才會披——」

突地，一陣急促的腳步聲傳來，打住了白湘菓未說完的話，下秒，門猛地被推開，白沐爾慌忙地闖了進來，看了兩人的動作後，睜大雙眼，指著殷槅杋激動地說：「你！你這傢伙在對我家菓菓做什麼？」

殷槅杋納悶地偏頭，又見郁子筲雙手環胸，氣定神閒地站在後頭，一副看好戲樣，他頓時無語了。

「菓菓為什麼穿那麼少？」白沐爾手直直地舉著，煞有其事地走近，「說！你剛剛是不是背著我對她做了什麼？」

「哥！」白湘菓提高嗓子喊了聲，不悅地說：「這只是我的睡衣，你在亂說些什麼啦。」

「啊？這樣啊。」白沐爾被她這一聲嚇得懵了，愣愣地說：「喔好、好，是哥誤會你們了。」

「我現在都穿這樣睡覺，不是以前那樣穿長袖了，太熱。」白湘菓鼓起腮，「你跟枫道歉啦，誤會他了。」

「對不起啦菓菓，哥只是太想趕快看到妳剪頭髮的樣子而已，才那麼慌啦。」白沐爾趕忙安撫道，「還有，那個……楀枫啊，抱歉啦，我想太多了。」

「算了，我已經習慣了。」殷楀枫覺得頭有些疼，無奈擺手，「一個妹控說出這種發言很正常。」

「唉，一回來就搞得雞飛狗跳的，大概只有白沐爾你做得到。」郁子筲幽幽地說。

「對，我討厭哥，把我嚇死了。」白湘菓跳下床，從兩人中間穿過走下樓，踏在階梯上的腳步聲格外大聲。

見狀，白沐爾連忙追了下去，邊跑邊喊道：「別這樣嘛，菓菓，妳聽哥解釋啊！」

房裡頓時剩下郁子筲和殷楀枫兩人面面相覷。

郁子筲笑出聲，率先打破沉默，「所以你跟菓菓剛在做什麼？」

「沒做什麼，日常情趣。」殷楀枫眼神有些哀怨，輕輕嘆息，「我會追不到懶懶有很大部分是你們兩個害的。」

§

升高三的暑假就不如去年悠閒了，除了有為期一個月的暑輔外，還得為緊接在開學後的模擬考準備，殷楀杋和白湘菓兩人沒在家待太久，早早回校溫習了。

白湘菓優秀的課業表現，一直都是靠不間斷地努力得來的，不論是國中時的會考，抑或是此時的學測亦然。

就在她沒日沒夜地讀書時，楚于嫺告訴了她一件事，硬生生地影響了她的心情。

從今年起，苑杏會不定期重新抽宿舍。

這事讓學生們憂喜參半，有的慶幸終於能換室友，相反地，有的則不捨和室友昔日的宿舍時光。

這點很明顯地反映在白湘菓和江思身上，前者無法接受自己就要和楚于嫺分開，後者則十分高興自己終於能遠離邱葵年了。

「唉，雖然由我來說這話好像有點諷刺，不過我是真不懂，苑杏沒事幹嘛突然改這規定？」江思見白湘菓愁眉苦臉，就忍不住想吐槽個幾句，「該不會又是誰去跟學校『建議』吧？」

「也不是不可能，這事套用在邱葵年身上倒挺合理的。」楚于嫺聳聳肩，「我也不知道，就是隨便說說。」

「說的也是欸，她那麼討厭我，沒看過她哪個晚上是回來寢室睡的，而且依她那個想要什麼就會想辦法去得到的個性……」江思尾音拉長，瞇起眼睛，「很有可能。」

「妳那什麼表情，搞得在推理似的。」楚于嫺拿江思沒轍，無奈一笑，走到坐在書桌前發愣的白湘菓身側，溫柔地說：「湘菓啊，妳就別再難過了，雖然同寢過的我們沒法再編到一起，但我們還是可以常見面的。」

「是啊，我們都在同校呢，想見隨時都行的。」江思跟著附和道，「而且說不定到時候變成是我和妳同寢啊，往好處想啦。」

「是這樣嗎……」白湘菓轉過身，看著兩人眼神堅定地安慰著自己，淡淡一笑，「好啦，我不難過了。」

楚于嫺安撫地拍了拍白湘菓的頭，「這樣才對嘛，湘菓笑的時候多可愛啊，尤其現在又剪了頭髮，看起來好像小了幾歲。」

「這倒是，嫺她不是為了安慰妳才這麼說的啊，因為我也這麼認為。」江思一貫冰冷的臉蛋難得漾起微笑，「這只有妳才能駕馭啊，要是我去剪，大概完全沒法看了。」

「謝謝妳們啊。」白湘菓覺得心頭暖暖的，方才的陰鬱一掃而去。

「既然過幾天我們就要分開了，不如我們今晚就來談心吧，好像很久沒好好聊天了呢。」楚于嫺笑著提議。

白湘菓贊同地點點頭，「好，但要說些什麼？」

「嗯……我想想喔。」楚于嫺偏頭，思忖半晌，靈光一閃，「聊妳和殷楀枂的事如何？」

「楀枂？」白湘菓眨了眨眸，「怎麼突然要說我們的事？」

「當然是為你倆著急啊，我一個旁觀者，在旁看得都比殷楀枂還慌，超怕一個不留神妳就被拐走了。」江思無奈地搖首，「真是苦啊，時常看你們明明相處的很甜蜜，卻怎麼也沒要在一起的意思，我實在越看越不明白啊。」

「雖然思說的很誇張，但她說的可都是事實喔。」楚于嫺失笑，「我比較少跟你們幾個處一塊，都這麼認為了。」

「真的嗎……」白湘菓有些歉疚地低下頭，「因為我一直沒法釐清自己的情感，到底是喜歡還是習慣性依賴，我到現在還是想不出個所以然。」

「那就由嫺來替妳解惑吧，我就先回去了。」江思疲倦地打了個呵欠，揮揮手，「我要回去洗澡，明早還要提早到教室考試呢。」

「好，思晚安。」

江思離去後，白湘菓和楚于嫺兩人相視一笑，一同坐到了地上。

她們又拿了外套蓋在身上，楚于嫺還順手將大燈給關了，只留一盞檯燈充當夜燈。

白湘菓雙手伸進外套裡頭，環顧黑暗的四周，「這樣好像在聽故事啊。」

「我也這麼想。」楚于嫺勾起溫婉的笑容，接著說：「我先開頭吧，這樣妳或許比較能放輕鬆。」

見白湘菓同意地頷首後，楚于嫺清了清喉嚨，輕輕說道：「我沒有像江思一樣，和你們幾個那麼熟，但我還是多少有和殷楀杋接觸過，大概清楚他是什麼樣的人。」

「我記得未晚那時候，妳一表演完就離開了，本來思要直接過去找妳的，但因為我還沒幫妳們投票，她就被我拖住了。」楚于嫻吐了吐舌，「那天人很多，我根本找不到投票處在哪，只好拉著思陪我，沒多久，我們就遇到殷楀杋，和他說了狀況後，他沒有多問，只是告訴我們投票處的地方後，就轉頭去找妳了。」

「可能妳聽這樣覺得沒什麼，但光這件事，就讓我對殷楀杋的印象很加分了。」楚于嫻頓了頓，說：「我對他的印象一直以來就是很有禮貌，對誰都差不多親近，但那天我卻發現，完全是我想錯了，他雖然對每個人都很溫和，卻是會保持距離的。」

白湘菓認同地頷首，「對，楀杋從以前就是，他對陌生的人都會這樣。」

「是吧，這點就讓我改觀了。」楚于嫻莞爾，「而且啊，可以很明顯地看出來他對妳很上心。」

「妳很早就發現了嗎？」

「算是吧，原本就有在猜，但經過匿名論壇的事之後，我就完全確定他是喜歡妳的了。」楚于嫻回想著當時的場景，「他那天晚上找我和江思出去的時候，他說的每句話，都很有條理，感覺就是深思熟慮過決定的，就讓我覺得他很細心在幫妳。」

「他和我告白的時候也和我說過這事，我那時只覺得很感動。」白湘菓斂下眼，「但我現在又再聽妳講一次，我覺得他真的對我好好。」

楚于嫻輕笑，「知道他對妳很好，就要好好珍惜啊。」

「我一直都很珍惜，也不想讓他只是單方面為我付出，但……」

見白湘菓欲言又止，楚于嫺淺笑，將聲音放柔，「但是什麼？妳和我說說看。」

白湘菓垂首，「但是，我怕我沒法回應他的情感，畢竟他是這麼完美的人，我和他在一起不太好。」

「湘菓啊，不用怕這樣的妳無法和他般配。」楚于嫺摸了摸白湘菓的頭，溫聲道：「因為當人喜歡上一個人的時候，便會喜歡上他的全部，包容他所有的不足。」

§

高三生的日常無疑就是被數不盡的考卷和習題淹沒，面對攸關未來的大學學測，幾乎每個人都是戰戰兢兢地備考。

白湘菓也不例外，不想跟人擠圖書館的她，每天背著學校書包，肩上又掛著一袋書，了無生氣地走回宿舍。

重新抽籤後，白湘菓照樣被編到兩人房，不過室友卻不再是楚于嫺，而是完全不熟悉的人，平時沉默寡言，也不常在寢室，她頓時感到孤寂。

她懷念起以前和楚于嫺同寢，以及江思天天上門串門子的時光，那是她過得最舒適自在的時候了。

且白湘菓上學時也是獨來獨往居多，除了殷橁杋和考大常偶爾會來隔壁班找她外，班上並無一個熟識的朋友。

知曉狀況的林采穎，每晚都和白湘菓用訊息交流功課，休息時刻也會和她聊得天南地北，間接填補了她心靈上的空缺。

在經歷無數個一同奮鬥的晚上後，她們變得熟稔彼此。

就這麼平淡地度過幾次模考後，來到了校慶。

離學測不到兩個月，高三生理所當然地沒有參與各項活動的權利，撇除運動競賽外，其餘時間基本上都得待在教室自習。

不過，這並沒有讓白湘菓打消去體育館看表演賽的念頭，不想錯過任何一場球賽的她，自然想了辦法趁機脫困。

她趁下課時，老師前腳才剛走出教室，她便悄然從後門溜了出去。

第一次做這種事的白湘菓感到有些緊張，快速奔跑到旋轉樓梯，腳步踉蹌地踩著階梯下樓。

就在她拐到最後一個彎時，一道人影猛地從死角處走來，她來不及煞下步伐，下意識抓了扶手好讓自己不從階梯上滾落，一雙有力的臂膀也順勢扶住雙臂，穩穩地將她撐住了。

白湘菓心一驚，略微抬首，見是熟悉的面孔，她隨即吁了口氣。

「嚇死我了，我還以為是誰，突然冒出來。」白湘菓摀著胸，微喘著息，「原來是杋啊，你怎麼在這？不是要比賽了嗎？」

「老師找我。而且比賽還沒開始，我也不一定會下場。」殷檇杋見白湘菓神色慌張的模樣，疑惑地反問：「妳呢？趕著去哪？」

「當然是趕著去看你比——」意識到自己講了些什麼後，白湘菓連忙又將話給吞回去。

「看什麼？」聞言，殷楀杋微勾起唇，「看我比賽？」

白湘菓撇開臉，「才沒有。」

「不然是趕著去比賽嗎？」殷楀杋忍住唇邊漾起的笑意，「現在只有田徑跟表演賽兩個環節，妳不去看我比賽不然是要去比個人賽嗎？」

「……我是去找采穎，才不是看你比賽。」白湘菓心虛地說道。

「是嗎？」他失笑，將白湘菓一把往前拉，下了一階的她頓時和他平高，他彎起那雙迷人心醉的黑眸，低聲道：「我以為是看我比賽呢。」

白湘菓睜圓了眼睛，屏住呼吸，「才不是。」

說完她便推開了殷楀杋，逃離了現場。

回過頭，望著白湘菓再次落跑的背影，殷楀杋輕輕笑了。

而用盡最快速度跑離教學大樓的白湘菓，到和林采穎相約的穿堂後，轉頭張望確認殷楀杋沒追上來，她才放心地靠到柱子上。

她無神地看著來來往往的人群，思緒又飄回方才的場景。

左手撫著胸口，心臟不受控地跳著，紊亂的心緒使她分不清是因跑步而起，又或者是因殷楀杋的舉動……

思及此，她晃了晃腦袋，決定將其拋至腦後。

「湘菓！」林采穎輕快地朝她跑來，「等很久了嗎？」

「沒有，剛到而已。」白湘菓搖首，「我們快進去吧，比賽應該開始了。」

她們先後走進體育館，由於比賽已經開始，不少人早已先來佔好位子了，她們只好坐到一個某些角度會被欄杆給擋著的座位。

「哇，我還是第一次來看苑杏的表演賽呢，都不知道體育館這麼大。」林采穎邊新奇地環顧四周，邊發出讚嘆。

「大概是因為在山上的關係吧。」白湘菓淡淡一笑，主動和林采穎解釋：「表演賽一直都是由籃球社和體育班為選手，因為兩隊的實力和普通班懸殊，所以學校就把他們和班際分開，分數不計入比賽。」

林采穎理解地點點頭，又問：「那兩隊都是派同年級的嗎？還是沒有規定？」

「嗯……應該是沒有規定，我看到我有個朋友有下場打。」白湘菓見考大常身手矯健地在場上奔馳，才確定地說：「對，籃球社有高三的下去，但體育班好像是派二年級的。」

「這樣不會不公平嗎？」林采穎提出質疑，「而且籃球社是專精籃球，體育班卻不是欸，這樣好嗎？」

「我也不知道，學校從以前就是這麼辦了。」白湘菓聳聳肩，她這下終於明瞭為何殷楀杋說自己不一定會下場了。

「好吧，希望這樣不會有什麼問題。」林采穎不再糾結此事，轉而面向白湘菓，「那妳說的朋友是上次看到的那個嗎？」

「什麼？」白湘菓不解，林采穎怎麼轉話題轉得如此快速呢？

「就是在咖啡廳看到的那個帥哥啊。」林采穎瞇起眼，臉湊近了些，「還是現在他不是妳朋友，是男友了？」

白湘菓猛地搖頭，「才不是！妳想太多了。」

見白湘菓反常的激動，林采穎忍不住揶揄：「那妳反應那麼大幹嘛？」

「我哪有，我只是怕妳誤會。」

「誤會又怎麼樣？」林采穎不以為然地反問，接著說：「又不是什麼嚴重的事，這很值得開心啊。」

「不是那個意思啦……白湘菓欲言又止，不知該從何解釋。

她只是習慣性地不想引人注目，即便林采穎並未提及什麼招人的字眼，但她仍怕會和殷楀杋扯上邊，引來旁人不友善的目光。

畢竟他是多麼光采奪目的存在。

§

今天，平安夜，距離學測不到一個月。

這天晚上，白湘菓照常坐在書桌前溫習，卻怎麼也讀不進一個字。

經過校慶的插曲後，白湘菓下意識地開始迴避殷楀枫。

不過，並不是出於討厭，純粹是她不知道該如何面對他罷了。

但殷楀枫和林采穎顯然沒要放過她的意思，前者不死心地總會在校園裡刻意和她碰面，而後者則是時不時在聊天時提及殷楀枫。

就連偶爾在路上巧遇江思和楚于嫺時，她倆的反應也是關心她和殷楀枫的進展如何。

而白湘菓總是落荒而逃，或是將話題生硬地帶開，除此之外，她不知道該怎麼辦了。

搞不懂為何身旁的人一個個都問著相同的問題，也不曉得自己從何時起，當他們接連調侃自己時，不再是一臉懵然、不知所措了，取而代之的是無以名狀的羞赧。

白湘菓深吸氣，果斷地翻開筆記本，決定將所有影響著自己的雜亂心緒擺至一邊，眼下還是趕緊複習功課最為重要。

就在她好不容易進入狀況時，桌面突地震了起來，她放下筆，看向螢幕亮起的手機，她瞥了上頭的來電顯示，有些遲疑地接起。

「楀松？」白湘菓疑惑地輕喚。

「是我沒錯。」殷楀松有些稚嫩的聲音自另一頭傳來，「姊要睡了嗎？」

「還沒，還在讀書。」白湘菓闔上講義，身子往後靠到椅背，「讀到一個段落了，你說吧。」

「好。」殷楀松應了聲，「姊，妳知道今天是什麼日子嗎？」

白湘菓沒有馬上回應，而是把手機從耳邊移開，滑下通知欄看了日期後，微微愣住。

「是哥的生日。」見那頭沒了聲音，殷樠松輕輕嘆息，「妳是不是忘了？」

「……對。」白湘菓訥訥開口。

她最近忙著讀書和思考對殷樠杋的情感，本就對生日不太上心的她，壓根忘了這回事。

「我剛打電話給哥和他說生日快樂的時候，他聽起來就不太開心，我馬上聯想到妳，結果還真的是妳忘記了。」殷樠松小心翼翼地接著說：「我還聽說，妳最近在躲他。」

白湘菓詫異，「他和你說的？」

「是啊，我剛問他是不是發生什麼事了，他就這麼告訴我的。」殷樠松又問：「妳是還沒想好要怎麼回應哥的感情嗎？」

「嗯，也不知道該怎麼面對他。」白湘菓淡淡地說。

「雖然以我的身份可能不適合說這些，但我一直很想和妳說件事。」殷樠松坐正身子，侃侃而談，「從小到大，我一直追隨著哥，想成為和他一樣優秀的人，所以很用功唸書，也常常觀察他的行為舉止，希望自己能和他一般得體。」

「可是，我好幾次卻看到他在房裡，看著牆上貼的獎狀嘆氣，甚至過段時間就會把那些收起來，再偷偷丟到回收籃裡。」殷樠松手持著殷樠杋當年寫著會考成績的紙條，神情複雜，「後來，我又聽到他和子筲哥的對話，我才發現他好像不滿意這樣的自己。」

「不滿意？」白湘菓不解，像殷樠杋那樣的人也會對自己沒自信？

「嗯，可能還有點討厭吧。」殷楀松不確定地說道：「我不知道姊有沒有察覺到這些，但我想和妳說的是，其實哥變了很多，姊佔了一部分原因喔。」

「我？為什麼……」

「其他部分我沒辦法肯定，但個性這點我就能確定了，是為了姊改的。」殷楀松幽幽地說：「哥本來才不是脾氣好的人呢，以前我調皮搗事的時候，罵最狠的就是他了。」

白湘菓不禁回想起以前，「是這樣嗎……我還真沒印象有這回事。」

「沒印象是正常的，因為他才不會對姊這樣呢。」殷楀松有些賭氣，「他就是為了妳改的喔，我猜是因為妳偶爾會鬧小脾氣的關係吧，所以才讓自己脾氣好些。」

「我都不知道他為我做到這地步。」白湘菓斂下眼，暗暗在心中做了決定，「謝謝你啊，楀松，要不是你和我說這些，我可能永遠都不會知道。」

「哥為姊做的事挺多的，只是都是默默付出，沒有表現出來而已。」殷楀松輕輕笑了，「姊想感謝我，就去和哥說生日快樂吧，然後答應他的追求，這樣我就很開心了。」

「現在？」白湘菓眨了眨水眸，尾音上揚。

「對啊，趁今天還沒結束快去。」殷楀松一張娃娃臉洋溢著滿足，說：「他剛說他讀不下書，坐在學校穿堂的聖誕樹旁邊吹風呢。」

沒等白湘菓反應過來，殷楀松便趁機速速掛了電話，留下她呆坐著。

但她沒愣住太久，隨意拿件椅背上的外套便跑出寢室了。

白湘菓一路快跑，深怕再慢些就會錯過，她便無法和殷檽枫說出自己的心意了。

穿過操場，她總算在穿堂的階梯上看到了一抹熟悉的頤長身影。

「枫！」她加快了腳步，跑到殷檽枫面前。

他怔怔地抬首，「妳怎麼在這？」

「檽松和我說的。」白湘菓走上階梯，坐到殷檽枫身側。

「那妳怎麼會跑來？」殷檽枫往旁挪了些，悶悶地說：「不是不想見我？」

「我哪有，我只是不知道怎麼辦。」她討好似的扯了扯他的衣擺，小聲地說：「生日快樂。」

「妳也知道今天是我生日。」他有些失望地別開臉，又問：「就只有要說這四個字而已？」

「當然不是，我主要是要和你說我的答案。」白湘菓抑住心中的緊張，一鼓作氣地說：「我覺得我們可以在一起。」

聞言，殷檽枫轉過頭，呆愣愣地問：「……妳剛說什麼？」

「我說，我不想躲你了。」白湘菓漾起笑，嗓音軟軟地說：「我們在一起好不好？」

「好。」殷檽枫立即答道，呆滯的神情和堅定的話語呈了明顯對比。

他猛地站起，嘴角有些失守地背過去。

她也跟著緩緩站起，繞到他面前，疑惑地問：「怎麼了嗎？」

一雙雪亮的眼睛直勾勾地盯著自己，殷檽枫再也無法克制內心的激動，拽住白湘菓的手，一把將她攬進懷裡。

他手撫著她的頭，「沒什麼，在緩和激動的情緒而已。」

「對不起，杋，這麼晚才確定心意。」她任他將自己圈住，頭埋進胸膛，感受著他的身子微微顫抖，輕輕說道。

「沒事。」他將手收緊了些，下巴抵上她的頭頂，溫聲說：「這是我收過最好的生日禮物了。」

殷楀杋五年的單戀，終於結束了。

最終章

白湘菓和殷檎杋在一起後，生活並未有太大改變，由於白湘菓不想引人注目，他倆十分低調，除了考大常等人知曉外，沒讓任何人知道。

上學時也不太待一塊，就是回宿舍時偶爾通個電話罷了。

就這麼在戀愛和課業中，順利地考完了學測。

苑杏因為位在山上的關係，住宿生又佔了大半，考場便定在學校，讓學生們無須特地下山，跑到鄰近學校才能考試。

「啊，終於考完了。」走出教室，考大常伸了個懶腰，「我每天都在盼這天到來啊。」

「我覺得你看起來比較像是剛睡完一覺，不像是剛考完學測欸。」江思冷不防地吐槽。

「我？我怎麼可能考學測睡覺呢！」考大常激動地反駁：「別看我一副沒在讀書的樣子，我還是有跟著檎杋兄跑圖書館喔。」

「那是真的去讀書，還是只是陪讀？」江思挑起眉，「我看，是後者吧。」

考大常抬了抬下巴，指向殷檎杋，「不信妳可以問他。」

殷檎杋聳聳肩，「嗯……我也不清楚，應該有吧？」

考大常音量大了幾分，「啊？怎麼這樣，檎杋兄你不可以說謊啊！」

在旁看著三人逗趣舉動的楚于嫺，不禁無奈地笑了，「你們幾個真是，怎麼又吵起來了。」

而一旁的白湘菓只是微勾起唇，望向遠方的穿堂。

「在想什麼？」一直偷偷覷著的殷楀杋湊近她，低聲問道。

「我在看穿堂，不知道學妹們今天有沒有練舞。」白湘菓看向殷楀杋，「你要陪我去看看嗎？」

「好。」殷楀杋頷首，提議道：「順便叫他們一起，只有我們倆去不太好吧。」

「噢對，我差點忘了。」白湘菓吐了吐舌，轉而問楚于嫺和江思：「思，嫺，我們去看看學妹好不好？」

「好啊，走，我好久沒去看她們練習了。」江思同意地點點頭，「而且好像過陣子有表演吧，應該今天有練習才對。」

他們一行人一致同意回社團看看，而考大常和殷楀杋則決定先到球場和學弟們打個招呼，再繞過去穿堂與她們會面。

走下樓，她們三人聽見不遠處傳來的音樂聲，便默契地笑了，加快了步伐前進。

才剛步上穿堂前的階梯，在前排監督學員跳舞的幾名幹部，隨即眼尖地發現了她們，趕緊把音樂給暫停。

「學姊們好！」學員們此起彼落地喊道，各個面帶微笑地歡迎她們。

她們也以笑容回應，楚于嫺則是走向前和現任社長說：「妳們繼續練吧，不用管我們，只是來看看妳們而已。」

現任社長應了聲，音樂再度落下，學員恢復原位，將練習數次的動作舞出。

白湘菓遠遠看著，見學員們臉上無不帶著自信的笑，神情認真地跳著舞，她便欣慰地覺得當年末晚的賣力表演，都值得了。

還好她沒有因為受傷而放棄。

「湘菓學姊！」一道甜嗓拉回了白湘菓飄遠的思緒，一名長相清秀的少女站到她面前。

「怎麼了嗎？」她不認得少女，只知曉應該是小她兩屆的學妹。

「這個送妳。」少女遞了條水果軟糖給白湘菓，接著介紹起自己：「我是高一的學妹，因為我姊姊給我看過妳表演的影片，我很喜歡，就加入熱舞社了。」

「謝謝妳。」白湘菓怔怔地接過糖果，又問：「可以問妳和妳姊姊的名字嗎？」

「可以啊，我姊姊是花笙棠，她現在高二喔，然後我的名字是花之紈。」花之紈欣喜地笑了，「希望學姊可以有好成績喔，我先回去練習了。」

花之紈雀躍地跑回原處，白湘菓過了好半晌才反應過來。

「花生糖和花枝丸？怎麼又是食物名……」

殷楀杋突地從後頭冒了出來，惹得白湘菓嚇了一大跳，驚呼：「你什麼時候來的？嚇死我了。」

「剛剛。」他微彎起唇。

「那有沒有被她看到？」白湘菓一驚，急忙拉著殷檽杋離開，走下階梯到一旁的空地，「你幹嘛突然過來啦，等下被她們看到怎麼辦？」

「想快點看到妳，就過來了。」殷檽杋眉宇間透著柔情，伸手將白湘菓的髮絲勾至耳後，緩緩地說：「我們又沒做什麼，不會怎樣吧。」

「你都不知道光是你的出現就能讓她們很激動了。」白湘菓鼓起腮，「而且你好常講這類的話，我都聽到無感了。」

「我會很常說是因為很喜歡啊……」殷檽杋喃喃道，若有所思地盯著白湘菓圓鼓鼓的雙頰，「妳是不是變圓了？」

「我哪有。」白湘菓不滿地瞪著殷檽杋，「哪有變圓，我討厭你。」

殷檽杋沒有回應，只是低笑幾聲。

「你笑什——」

他沒讓她把話說完，微微傾身，在她左臉上迅速落下一吻，揚起滿意的微笑，「笑妳怎麼能那麼可愛。」

「你怎麼可以在學校做這種事……」白湘菓一雙杏眼睜得圓圓的，腦袋一片空白，傻愣愣地看著殷檽杋。

他說得輕描淡寫：「我也不知道，可能對上妳，我就沒法克制自己吧。」

她不可置信地雙手摀住臉，滿臉通紅地跑走了。

見她不知是第幾次從自己面前落跑，他輕輕笑了。

這麼多年過去了，殷楀杋中間見過數次不同樣子的白湘菓，直至今日，她還是他喜歡的那個樣子。

從陌生到習慣，習慣再變成喜歡，最終昇華成愛。

他的每個瞬間，都有她的影子。

（全文完）

要青春86　PG2593

要有光 FIAT LUX

愛上你的每個瞬間

作　　者　恬　緣
責任編輯　喬齊安
圖文排版　陳彥妏
封面設計　夏羽芯
封面完稿　蔡瑋筠

出版策劃　要有光
發 行 人　宋政坤
法律顧問　毛國樑　律師
印製發行　秀威資訊科技股份有限公司
114台北市內湖區瑞光路76巷65號1樓
電話：+886-2-2796-3638　傳真：+886-2-2796-1377
http://www.showwe.com.tw
劃撥帳號　19563868　戶名：秀威資訊科技股份有限公司
讀者服務信箱：service@showwe.com.tw
展售門市　國家書店（松江門市）
104台北市中山區松江路209號1樓
電話：+886-2-2518-0207　傳真：+886-2-2518-0778
網路訂購　秀威網路書店：https://store.showwe.tw
國家網路書店：https://www.govbooks.com.tw
總 經 銷　聯合發行股份有限公司
231新北市新店區寶橋路235巷6弄6號4F
電話：+886-2-2917-8022　傳真：+886-2-2915-6275

出版日期　2021年8月　BOD一版
定　　價　330元

讀者回函卡

Printed in Taiwan

國家圖書館出版品預行編目

愛上你的每個瞬間/恬緣著. -- 一版. -- 臺北
市： 要有光, 2021.08
面； 公分. -- (要青春 ; 86)
BOD版
ISBN 978-986-6992-88-9(平裝)

863.57 110011763